語可書坊

作家文摘 　语之可　 第一辑（01-03）

顾　问 （以姓氏笔画为序）

冯骥才　孙　郁　张　炜　梁　衡

梁晓声　韩少功　熊召政

主　编 张亚丽　**副主编** 唐　兰

编　辑 姬小琴　裴　岚　之　语

设　计 于文妍　之　可

语之可 修订版 01

Proper words

可惜风流总闲却

作家出版社

图书在版编目（CIP）数据

语之可 . 01，可惜风流总闲却：修订版 /《作家
文摘》主编 . -- 北京：作家出版社，2022.1

ISBN 978 - 7 - 5212 - 1563 - 2

Ⅰ . ①语… Ⅱ . ①作… Ⅲ . ①散文集 - 中国 - 当
代 Ⅳ . ①I267

中国版本图书馆 CIP 数据核字（2021）第 209389 号

语之可 01：可惜风流总闲却（修订版）

主　　编：《作家文摘》报社
责任编辑：姬小琴
特约编辑：裴　岚
装帧设计：于文妍
出版发行：作家出版社有限公司
社　　址：北京农展馆南里 10 号　　邮　　编：100125
电话传真：86 - 10 - 65067186（发行中心及邮购部）
　　　　　86 - 10 - 65004079（总编室）
E - mail: zuojia@zuojia. net. cn
http: // www. ZUOJIACHUBANSHE. com
印　　刷：三河市紫恒印装有限公司
成品尺寸：120 × 190
字　　数：105 千
印　　张：6.75　　　　插页：16
版　　次：2022 年 1 月第 1 版
印　　次：2022 年 1 月第 1 次印刷
ISBN 978 - 7 - 5212 - 1563 - 2
定　　价：45.00 元

目　录

最好的时代，最坏的时代……这两位千秋辉映、雄峙中西的文豪巨匠，虽然都为各自民族留下了难以逾越的文化丰碑，但他们生前所经历的荣辱悲欢，却演绎出不同的人生况味，映射出两个不同社会的国运浮沉、时代缩影，令人感叹唏嘘。

富贵是个很奇怪的东西，大多数富贵的人多少都难免有点志得意满的骄横，但也有一类天性温良的人，如果他们生于贫贱，也许不免会沾染上一些世俗的东西，但正因为他们生于富贵，所以才保持住了一份天真的赤子之心。

高适：人生是一场逆袭

王爱军

他对李白的沉默，更多的是源于政治因素。说起来李白虽然经历过几年的宫廷生活，但他的官场经验相当苍白，政治敏感性更是极为迟钝，当高适以统帅的高位讨伐永王李璘时，李白实际也成了他的对手和敌人，他的身份决定了他不能也不敢因私情救李白出狱，这是由封建社会的政治生态决定的。

高适，唐代诗人，生于 700 年，卒于 765 年。字达夫、仲武，渤海蓨（音同条，今河北景县。）人。

高适是唐代著名的边塞诗人，与岑参并称"高岑"。高适的人生，用现在的话来说，就是一场华丽的"逆袭"——在 50 岁之前，他穷困潦倒，甚至沦落到乞食度日。后来他毅然投笔从戎，10 年间就从舞文弄墨的诗人一跃而成纵马疆场的将军。《旧唐书》说："有唐以来，诗人之达者，唯适而已。"他成为唐代历史上仅有的因军功而至封侯的诗人。

一次次名落孙山

与唐代众多的知名诗人相比，高适的成名之路走得相当艰辛。他出生于官宦之家，父亲高崇文曾任过韶

3

州（今广东韶关）长史，但在高适出生时，家境逐渐衰败下来。虽然家里穷得一塌糊涂，但年幼的高适并不在意，他性格开朗，爱交游，有游侠之风，平日里总喜欢和人讨论王霸之道，俨然胸怀大志。

20 岁时，高适便仗剑出游长安，开始了逐梦之旅。他参加了科举考试，虽然对自己的才学颇为自负，但结果却是名落孙山。落榜的原因，唐人殷璠在《河岳英灵集》中说是由于高适瞧不起常规的考试，不喜欢诵读经史，文走偏锋，以致出师不利。

自此，高适客游于梁（今河南开封）、宋（今河南商丘）之间，"渔樵十二年，种瓜漆园里，凿井卢门边"，继续着困顿的生活。不过科举失利并没有磨灭掉高适的志气，他一边继续埋头读书，一边交游，等待着下一次的机会。

开元十八年（730 年），契丹背叛唐朝，唐玄宗下诏征讨。高适于第二年北上蓟门，奔赴边塞，面对壮丽的山川和紧张的战局，他写下了"北上登蓟门，茫茫见沙漠。倚剑对风尘，慨然思卫霍"的诗句，表明自己希望像汉代大将卫青、霍去病那样在边塞立功封侯。为了实现梦想，高适投奔到当时负责驻防蓟门的信安王李祎的帐下，递上了《信安王幕府诗》，表达了自己入幕从戎的强烈愿望，可惜李祎并没有把这个年轻人当回事。在边塞游走两年后，终因"北路无知己"，高适无奈地结束了这次行程。

游走长安未果，投军边塞不成，高适不得不回到现实中，重走他的科举入仕之路。只是参加了几次，竟然无一中第。原来，在唐玄宗后期，杨国忠和李林甫弄权，那时参加科举考试，没有高层提携关照，仅凭自己的才能，成功的概率几乎为零。最荒唐的事发生在天宝六年（747年），李林甫担任主考官。他尤其嫉恨因为文学才能而得到封赏进官的士人，结果参加考试的举子倒是不少，最终没有一个被录取。面对这场闹剧和丑闻，李林甫居然还上表向唐玄宗表示祝贺："天下贤士都在为国报效而没有遗漏，这是多么人尽其才、物尽其用啊！连尧舜明君都不能如此明察秋毫吧！"而这次落榜的人中，不仅有高适，还有杜甫、元结等一批名闻后世的诗人。

一而再，再而三的人生挫折，让高适相当郁闷，此时只有诗能让他抒发这种不遇的悲慨，发泄这种愤懑的情绪。"暮天摇落伤怀抱，倚剑悲歌对秋草""斗酒相留醉复醒，悲歌数年泪如雨"。虽然满怀苍凉，但高适并未失去豪迈的志向。当郁郁不得志的琴师董庭兰颓然离开长安时，高适为他送行，写下了流传千古的《别董大二首》，其中写道："千里黄云白日曛，北风吹雁雪纷纷。莫愁前路无知己，天下谁人不识君。"这首诗慷慨激昂，信心十足，话是说给倍感失意的董庭兰的，但又何尝不是说给自己的呢？

艰难困苦，玉汝于成，高适的坚持最终结出了果实。天宝八年（749 年），诗名远播的高适得到了名相张九龄的弟弟、宋州刺史张九皋的赏识，在他的推荐下，高适参加了考试，终于中第，授了个地方小官。这一年，他已年近半百。

走上了从军的路

虽说千辛万苦，得来了官职，但上任没多久，高适就觉得很没劲，"只言小邑无所为，公门百事皆有期"，不仅地方小、事小，官职只有九品，更让他受不了的是"拜迎官长心欲碎，鞭挞黎庶令人悲"。最终，干了三年后，高适辞掉了这个千辛万苦得来的小官，重新为梦想奔波起来。

高适的命运在天宝十一年（752年）发生了转机，时任陇右节度使的唐朝名将哥舒翰看中了他，邀请他加入自己的幕府。从此，高适的人生峰回路转。

能够投身军旅，高适相当兴奋，他在诗中表达了这种欣然的心情。"功名万里外，心事一杯中……离魂莫惆怅，看取宝刀雄。"（《送李侍御赴安西》）真是壮志满怀，雄心勃发。在《塞下曲》中他又写道："万里不惜死，一朝得成功……大笑向文士，一经何足穷。"从中可以看出那种向往战功的慷慨豪情。

天宝十四年（755年），安史之乱爆发，唐玄宗下诏哥舒翰讨伐叛军，同时命高适辅佐哥舒翰，镇守潼关。哥舒翰制定的军事策略是避敌锋芒，坚守潼关，然而宰相杨国忠却一直怂恿唐玄宗，让他下诏命哥舒翰出关迎敌。哥舒翰被逼无奈，"恸哭出关"，最终兵败被俘，变节投敌。潼关失守后，唐玄宗被迫出走四川。

危难之时，穷节乃见，身在乱军中的高适没有被功名利禄所引诱，他冒死抄小路星夜兼程，追上了唐玄宗。此时，大臣们对哥舒翰是一片谩骂，高适却站出来说：哥舒翰一生忠义，因为生病使他不能明断，才导致失败。监军李大宜不关心军务大事，每天以歌舞娱乐，此外士兵每天吃粗糙的饭食，尚且不能吃饱，要求这样的军队去拼死作战，失败当然就是很自然的事。我多次向宰相杨国忠说到这些事，他不肯听。所以陛下有今天的西行逃难，不值得深以为耻。唐玄宗非常认同他的说法，擢升他为谏议大夫。

为尽快平息安史之乱，有人建议唐玄宗分封诸王到各地，授予军事权力。这事遭到了高适的激烈反对，他说："诸王分镇各地，很容易出现割据的局面，只能导致更大的混乱。"唐玄宗不听，结果高适的担忧很快就变成了现实。天宝十五年（756年），镇守江陵的永王李璘叛乱，图谋割据东南。当时唐玄宗已退位，新上任的唐肃宗李亨听了高适的劝谏，便召他谋划如何处理这个烂摊子。高适冷静地分析了江东的形势，结论是永王必败。他的话让唐肃宗吃了一颗定心丸，于是让他兼任御史大夫、扬州大都督府长史、淮南节度使，主持平定江淮叛乱。事实证明了高适的预见，面对朝廷的讨伐，永王很快就土崩瓦解，兵败被杀。

因为这场功劳，高适受到唐肃宗的重用，威望与日俱增，然而他说话太直，很得罪人，让权臣李辅国十分不爽，于是数次在唐肃宗面前打小报告。一年后，高适就被降职，他建功立业的勃勃雄心，再次被泼下了一盆冷水。

好在身处乱世，人才压都压不住。乾元二年（759年），蜀中大乱，花甲之年的高适被重新任用，先为蜀州刺史，后转为彭州刺史，率部平定了叛乱，稳定了四川的局势。广德元年（763年），唐代宗登基第二年，就让高适出任剑南节度使。当时，吐蕃趁着唐王朝刚刚平定安史之乱，立足未稳之时，乘机起兵犯境，高适率兵顽强抵抗，终因实力不济，陷落了三个州，朝廷很客观地看待这件事，并没有追究他的失利责任。第二年，高适奉诏回朝，进封渤海县侯，最终实现了封侯的人生理想。

比李白更有政治远见

有一件事，让高适颇受后世的诟病，那就是朋友李白在经历永王李璘之难时，向他发出求救，而他竟漠然置之，背后的原因何在呢？

高适与李白相识，缘于杜甫的引荐。天宝三年（744年），李白因为得罪了杨贵妃和高力士，难在长安容身，于是上书唐玄宗，请求还山。唐玄宗以其"非廊庙器"，下诏赐金放还。李白一路东行，在洛阳与杜甫相遇，随后两人相约同游汴州（今河南开封），此时高适正寓居于此，杜甫邀他一起，于是三人同行。他们曾同登禹王台，煮酒论文，笑谈古今，登临凭吊，狂歌痛饮。杜甫曾写下《昔游》，深情回忆三人壮游的情景："昔者与高李，晚登单父台。寒芜际碣石，万里风云来……"汴州之游，让他们结下了深厚的友谊。

然而世事弄人，分别十几年后，高适与李白这对曾经的朋友，却走到了兵戎相见的地步。

原来安史之乱时，李白避乱南下，隐居于江西庐山。至德元年（756年），永王李璘擅自引兵东巡，路过庐山时，盛邀李白入幕。李白一直沉浸于报国无门的痛苦中，不仅欣然前往，还满怀激情地写下了《永王东巡歌十一首》，其中写道："永王正月东出师，天子遥分龙虎旗。楼船一举风波静，江汉翻为雁鹙池。"天真的他以为只要永王出征，就能"南风一扫胡尘静，西入长安到日边"。可惜李璘耀武扬威的目的不是为了北上平叛，而是想拥兵自立。此时高适正接受唐肃宗的重托，以淮南节度使的身份，踏上了讨伐李璘的征程。

李璘兵败后，李白以"附逆"之罪被关在浔阳郡（今江西九江）的大狱里，难逃一死。身在牢狱中，他大概很为自己的糊涂而懊悔，在得知高适正是平叛的主帅时，满怀希望地写诗向他求救。然而李白的求救信如石沉大海，杳无音信。所幸李白的夫人宗氏极力营救，他才被免除死罪，流放夜郎。

事实上，高适绝不是见利忘义、见死不救的那种人，这从他对杜甫的态度上可以得到佐证。

乾元元年（758年），杜甫被贬为华州司功参军。两年后，他辞官来到成都，在浣花溪修建草堂定居。由于失去了经济来源，他的生活一度陷入困境。此时，高适恰好入蜀担任彭州刺史，得知杜甫的情况后，不仅寄诗慰问，还经常派人给杜甫送钱送粮，帮他渡过难关。杜甫非常感动，在《酬高使君相赠》中写道："故人供禄米，邻舍与园蔬……草玄吾岂敢，赋或似相如。"后来高适改任蜀州刺史，杜甫专程从成都到蜀州拜望，分别之时，高适非常惆怅，写下了著名的《人日寄杜二拾遗》："人日题诗寄草堂，遥怜故人思故乡。柳条弄色不忍见，梅花满枝空断肠。"杜甫则回和一首《追酬故高蜀州人日见寄》，无限感慨地说："自蒙蜀州人日作，不意清诗久零落……长笛谁能乱愁思，昭州词翰与招魂。"北宋绍兴年间，蜀州州官计敏夫为了纪念杜甫与高适的深厚友谊，在蜀州修建了"尚友阁"，并将他们的这两首诗雕刻其间，供后人凭吊。

可见高适对朋友的友谊还是十分珍视的，他对李白的沉默，更多的是源于政治因素。说起来李白虽然经历过几年的宫廷生活，但他的官场经验相当苍白，政治敏感性更是极为迟钝，当高适以统帅的高位讨伐永王李璘时，李白实际也成了他的对手和敌人，他的身份决定了他不能也不敢因私情救李白出狱，这是由封建社会的政治生态决定的。

与二王PK诗歌

高适以边塞诗见长。当时他的诗极为流行。唐人薛用弱在《集异记》中，记载了一则高适与边塞诗人王昌龄和王之涣"旗亭画壁"的逸事。

有一天，天空飘起了小雪，高适与王昌龄、王之涣在酒楼相聚小饮。正举杯间，忽然有掌管乐曲的官员率十余歌伎登楼聚宴，三人见状，便避席躲在一个角落里，观看她们表演节目。一会儿，有四位漂亮的歌伎登上楼来，乐声响起，演奏的都是当时有名的曲子。王昌龄悄声对高适和王之涣说："我们都诗名远扬，但一直未能分个高低，今天咱们就听这些歌伎唱歌，谁的诗唱得多，谁就是第一。"两个人都笑着表示同意。

只听一个歌伎唱道："寒雨连江夜入吴，平明送客楚山孤……"王昌龄笑道："我的绝句一首"，伸手在墙壁上画了一道。随后一个歌伎张口唱道"开箧泪沾臆，见君前日书……"高适也在墙壁上画了一道，说："这是我的。"第三个歌伎又出场了："奉帚平明金殿开，且将团扇共徘徊……"王昌龄很得意，说道："我已经两首了。"

王之涣自以为成名已久，可竟无人唱他的诗作，有些下不来台，于是对高适和王昌龄说："她们都是不出名的丫头片子，唱的不过是不入流的歌曲，那阳春白雪类的高雅之曲，哪是她们唱得了的呢！"他用手指着其中最漂亮的一个歌伎说："这个小妮子唱时，如果不是我的诗，我这辈子就不和你们争高下了；如果真是唱我的诗，二位就拜倒于座前，尊我为师好了。"两个人笑着说："等着瞧。"

这位歌伎出场，果然唱道："黄河远上白云间，一片孤城万仞山……"王之涣异常得意："我说得没错吧！"三人开怀大笑。他们的笑声惊动了那些歌伎，走过来询问何事。王昌龄就把比诗的缘由告诉了她们，歌伎们大惊失色，急忙下拜施礼说："请原谅我们俗眼不识神仙，恭请诸位大人赴宴。"三位诗人应邀入席。

高适的诗写得好，一方面因为天生的才气，另一方面则是因为认真。相传他曾外出巡察，路过杭州清风岭一座禅寺时，触景生情，在寺庙的墙壁上题下一首诗："绝岭秋风已自凉，鹤翻松露湿衣裳。前村月落一江水，僧在翠微角竹房。"离开禅寺后，他仔细观察钱塘江水，发现月落时，江水随潮而退，只剩下半江水。他想起那首诗，觉得应该把"前村月落一江水"中的"一"字改为"半"字。巡察归来，高适特地回到寺院，把墙上的诗改了。

高适的边塞诗经常被拿来与岑参相比较，有人以为他的诗"体气狭小"，不及岑参的高歌激昂，故而"岑胜高远甚"。唐人殷璠则认为："适诗多胸臆语，兼有气骨，故朝野通赏其文。"

"气骨"两字，道出了高适边塞诗的最大特点。这既与他落拓不羁的豪迈性格有关，更得益于他在边塞游历和战斗的生活经历。这种风格在高适的代表作《燕歌行》中，得到了最为生动的体现："汉家烟尘在东北，汉将辞家破残贼。男儿本自重横行，天子非常赐颜色……君不见沙场征战苦，至今犹忆李将军。"他的诗雄壮豪放，"如骏马驻坡，鹰击长空的雄放之气，无不动人心魄"，"不但展示出蓬勃向上、璀璨壮美的'盛唐气象'，同时也凸现出诗人性格豪爽、抱负远大和刚毅勇敢的精神面貌"。这也是高适的诗动人心魄，至今为人们所喜爱的原因所在。

永泰元年（765年），高适病逝。他的诗作，集成《高常侍集》，流传于世。

当初，唐玄宗在任命高适为侍御史的诏书中说他："立节贞竣，植躬高朗，感激怀经济之略，纷纶赡文雅之才。长策远图，可云大体；谠言义色，实谓忠臣。"评价之高，可谓荣耀之至。而他以天下为己任，愈挫愈勇，矢志不渝，终以诗人之身，成就了军功报国的理想，更让我们感喟、钦佩。

可惜风流总闲却

——王安石和他的朋友圈

赵允芳

　　一幅《流民图》使朝廷内外炸了锅，看到这幅图的人无不掉眼泪，两宫太后也哭着咒骂："安石乱天下！"神宗的心里翻江倒海，他第一次真的坐不住了，颤抖着问王安石："怎么会这样？为什么会有这么多的人家破人亡流落街头……"王安石却从容应对："有什么可大惊小怪的！旱涝灾害是常有的事，不足为虑。"

1070 年，宋神宗熙宁三年。大年初一这天，帝国的副宰相王安石带着酒后的醉意和身处权力巅峰的快意，提笔写下了著名的《元日》——

爆竹声中一岁除，春风送暖入屠苏。千家万户瞳瞳日，总把新桃换旧符。

这首诗的作者，并非诗人王安石，而是身为政治家、改革家的王安石。

《元日》，并不是对冬去春来季节更替的空洞抒发。这首诗写于熙宁变法之初，因此，"新桃换旧符"，完全可以视为王安石的改革总动员，是他为改变帝国积贫积弱而亲手描绘的一幅政治美景。

刚刚过去的这一年，因为王安石初行变法显得颇不平凡，亦不平静。为了"富国"和"强兵"之梦，他被血气方刚的神宗任命为参知政事，位同副相。不久，便以千钧之力颁行了均输法、青苗法、农田水利法……这些，才只是一个开始。

之后，他还将推出一系列大法、新法——

保甲、市易、保马、方田均税法……

他又大刀阔斧地改革科举制度，提举经义局，以经义取士，一改隋唐以来确立的诗赋取士制度。他是要为国家培养能够经世致用的实用型干才，而非仅仅出产满腹诗书却两耳不闻窗外事不懂柴米油盐醋的清高才子。

一切，都变得令人目不暇接。

朝野上下，为之一震，各种表情、心态、情绪复杂交织。有哗然惊愕的，有兴奋忐忑的，有抗议的，有赞同的，有哭的，有笑的，真可谓众声喧哗。这种情形倒是一改赵宋立国以来的百年沉寂和暮气，也多少激活了人们有些迟钝麻木的神经。而正是在这样一个背景下，这首《元日》很快在全国范围内流传开来。因其节奏轻快，意气豪迈，既富有生活气息，又具有哲理意蕴，就连乡下的黄口小儿都能倒背如流。可以想见，熙宁年间的朝野内外、商铺田间，都在随着"新桃换旧符"的诗意节拍，明里暗里发生着翻天覆地的变化。

事实上，随着各项大法的实施，此时的举国上下，已经沸声一片。

对窗外各种嘈杂的声音，王安石却一概不闻不问。做大事的人，往往如此。他们都有着非同寻常的倔强和毅力。所有的一切，大概也都在他的意料和掌控之中。此时的他，正踌躇满志，带领着一帮人日夜规划着帝国的蓝图。冗官、冗兵、冗费的现象，在当时已成为导致国家贫弱衰败的痼疾。好比一棵被从内部掏空的大树，实则已扛不住一点外来的风雨，所以王安石毫不避讳地告诉神宗皇帝："百年无事，亦天助也。"大宋，是靠侥幸才延续到了今天啊！而"三冗"所费巨资，已成压在民间百姓身上的三座大山。变法势在必行！他相信，随着新法的全面实施和步步深化，已安然享国百年的大宋，将重新焕发活力，并以中原巨人的身姿屹立不倒。

只可惜，"法非良法、吏非其人"。很多好的改革思路，在执行的过程中严重扭曲、变形，反倒成了地方官吏鱼肉百姓中饱私囊的工具。正如大臣范镇在给神宗的奏章中所说："陛下有爱民之性，大臣用残民之术。"上有政策下有对策，历来是中国古代官场的传统。而权力对权力的监督，也大多只能导致二者在更深更广领域的勾结。

历史的发展、走向，从来都不是哪一个人所能左右，而往往是各方力量互相牵制、制衡的结果。

变法，很快导致变脸。

《宋史》评说王安石——

引用凶邪，排摈忠直，躁迫强戾。

的确，他的脾气越来越大，性格越来越执拗，以致昔日的朋友与之在政治上越行越远，甚至彻底决裂。亲人手足，也一个个离他而去。而那些经他亲手拔擢、重用的一班变法干将，也相互倾轧，趁机夺权，背叛了王安石，也背叛了变法初衷。

王安石晚年孤独。在金陵半山园，他以《千秋岁引》，写眼前"秋景"——

别馆寒砧，孤城画角，一派秋声入寥廓。

东归燕从海上去，南来雁向沙头落。楚台风，
庾楼月，宛如昨。无奈被些名利缚，无奈被它
情担阁。可惜风流总闲却！当初漫留华表语，
而今误我秦楼约。梦阑时，酒醒后，思量着。

自然界的风花雪月，一切都美好如昨，没什么变
化，变的是自己的心境。人生短短数十载，冬去春来，
他本可以闲坐窗前，著书立说，在诗酒风流中，坐观云
起，任花开落。但他终于没能抵挡住世俗功名利禄的诱
惑，以致和自己所向往的另外一种人生境界疏离久远，
枉自错过了多少个美好的秋景春色。

在词的下阕，他用了两个"无奈"，一个"可惜"。

可惜风流总闲却。

这是一个曾经改变了国家命运也扭转了历史走向的
大政治家，在烈士暮年发出的一声叹息。

专心等待属于自己的时代

变法之前，王安石默默地积累学问，积攒人脉、声

名，并渐得朝堂内外的信赖褒奖。宋人马永卿《元城语录》有载："当时天下舆论，以金陵王安石不作执政为屈。"

在一个人治的社会中，老百姓总是习惯于将命运寄望于几个能臣、好官。

可他偏偏不出来。

《宋史》说他："先是，馆阁之命屡下，安石屡辞；士大夫谓其无意于世，恨不识其面。朝廷每欲俾以美官，惟患其不就也。"

好官和好东西是一样的，人们越得不到就越想得到。无论仁宗朝、英宗朝，他都多次拒绝了朝廷的任命。这使他声名鹊起。关键是他拒绝的态度和方式有意思。据说，仁宗朝时，曾任命王安石同修起居注。这差事并不显赫，但能够近距离地了解皇帝的一言一行，也算得上是一种特殊的恩宠和信赖了。王安石却不屑一顾，"辞之累日"。朝廷一开始以为他是自谦，后来发现他是看不上，自然不满，竟跟这个倔牛较上了劲，看谁犟得过谁。史书对这件事记载颇为翔实——

> 阁门吏赍敕就付之，拒不受；吏随而拜
> 之，则避于厕；吏置敕于案而去，又追还之；
> 上章至八九，乃受。

朝廷一再遣人，将敕书送到王安石府上，人家却四处找不见他。原来，他一听到门口有动静，立即一溜烟跑到厕所躲起来，蹲在里头不吭声。可跑腿送文书的阁门小吏得向上交差啊，怎么办？左等右等不来，人家干脆将文书往王府的桌上一丢，扭头便走。王安石这下急了，匆忙从厕所跑出来，一把扯住公差，把文书硬是塞还给他。如此，推辞了竟有八九回之多。不过，这场旷日持久的较量，最后还是以王安石"屈从"告终。

王安石此事，倒也未必是学古代隐士的欲擒故纵、待价而沽。他是出于对自己价值的清醒判断。他清高自重，根本瞧不上这份整日围着皇帝记载吃喝拉撒的富贵闲差。人生苦短，他知道自己应该把精力放在哪儿。

在这期间，他写过一首诗，以松自喻，字里行间，足见其自信与自负：

廊庙乏材应见取，世无良匠勿相侵。

一棵好松长成，倘若没遇见一位良匠，还不如不去采伐它。可从皇上对他的职位安排上看，仁宗显然并非王安石心目中的"良匠"。既如此，他宁愿在家待着做学问，也不愿胡乱浪费光阴才华。

他是要等。等待一个真正属于自己的时代。

仁宗仁慈厚道。可他已然老迈，早没了年轻人的血性。在他的统辖之下，整个国家也和一位老人一样，保守无趣，暮气沉沉。之后继位的英宗，又身体病弱，整日缠绵床榻，也非王安石所期待的英君明主。

但不做官不等于不关心国事。闲居江宁，反倒使他有了大把的时间去读史和思考，他沉下性子，在古代典籍中寻找灵感，寻求治国良方。

倒是他的朋友们，个个都有些沉不住气了。

王安石的朋友圈

在王安石还不为人所知时，当时已有韩（亿）、吕

（夷简）二族名满天下，堪称北宋两大政治巨室——

韩家：韩亿的岳父王旦为真宗朝的宰相，本人则官至参知政事，处事很有决断，在政治上颇具影响力。韩亿第三个儿子韩绛也官至宰相。

吕家：宰相世家，世所罕有。《宋史·列传》有云："吕氏更执国政，三世四人，世家之盛，则未之有也。"吕蒙正、吕夷简、吕公著，三代人皆为贤相。其中，吕夷简主持中书省二十年，是宋开国以来执政时间最长的宰辅。有一件事颇能说明吕夷简在北宋政坛的影响和地位：有一次，他抱病卧床多日，宋仁宗竟剪下自己的一缕胡须送给吕夷简，说他打听到一个胡须疗疾的偏方，希望能助爱卿早日康复。

王安石深知人脉关系的重要性，他想办法和韩、吕两大家族的高干子弟韩绛、韩维兄弟（韩亿之子）以及吕公著（吕夷简之子）建立起了深交。酒香也怕巷子深，王安石在这方面倒是坦然。他时常跟好友谈起自己的抱负，韩、吕兄弟都很佩服王安石的才华，一有机会便向人举荐他。

先说说韩维对王安石的影响。

神宗赵顼还没继位时，为颍王。韩维在颍王府邸任记室一职。他谈论时政经常得到颍王的夸奖，可他每每摆手表示："此非维之说，维之友王安石之说也。"这句话，像极了民国时期文人常挂在嘴上的那句——"我的朋友胡适之"……

　　几次三番，韩维皆是如此，王安石便给神宗留下了深刻印象。等他刚一继位，便迫不及待地要见王安石，并委派他一个知江宁府的重任。仅隔数月，又火速提拔他为翰林学士兼侍讲，陪侍左右。可以说，是韩维韩绛兄弟以及吕公著等好友将王安石直接引荐给了国家的最高统治者，为其铺垫了走向权力巅峰的基石。

　　但韩维、吕公著后来在变法一事上，因与王安石"议论不合"，好友反目，甚至遭到了贬黜出京的命运。尤其是韩维，当年曾经张口闭口"我的朋友王安石"，但随着王安石成为政治核心，二人终因变法分道扬镳。

　　在韩维担任开封知府期间，开封的老百姓对新法怨声载道，为逃避保甲法，甚至发生了有人切掉手指或砍断手腕的惨剧。韩维如实向神宗进行了反映。王安石却很不以为然，淡然表示，自己并没有听说过此事。但即便是有，也不足为怪。在他看来，那些截指断腕者，只不过是自己愚蠢，因而容易受到别人的煽动罢了。他说，小老百姓即便是对祁寒暑雨这样的小事也都会怨天尤人的，更何况变法？因此不必顾恤他们的态度。这话听得就连神宗都有些胆战心惊，反问他：难道连老百姓怨嗟的权利都要剥夺吗？百姓的意见也不能不畏惧啊！可惜，宰相太过强势，神宗就连这类辩驳都显得苍白无力。

王安石的专断，使神宗越来越不安，他打算起用韩维做御史中丞，负责纠察百官，实际是想对王安石集团有所牵制。王安石听说后，大为不满。史载：

> 憾曩①言，指（维）为善附流俗，以非上所建立。因维辞而止。

也就是说，他深深忌恨韩维先前告的自己那一状，因此极力阻挠神宗的这次任命。他指责韩维喜欢附和流

---

① 曩（nǎng）：从前，以往，过去。

俗，任用这样的人，只会坏了皇上的大事。这场风波，后以韩维主动请辞而告终。

再说说王安石与吕公著关系的变迁。

吕公著后来选择了与司马光共进退，而与王安石坚决分道扬镳，二者形成颇有意味的参照。

史书上对吕公著其人有一个很有意思的细节描写，说他暑热不挥扇、寒冷不烤火。这大概最能说明一个人的处变不惊、自适坚守。

公著性情淡泊，简静自重。他与人交往，至诚至善，遇到真正的人才，一定千方百计为之延誉，力求闻达于皇上，使之得到重用。他学问精粹，曾为帝师，经常给皇帝上《论语》课。神宗夸赞他是真正名副其实的人才。欧阳修出使契丹，契丹国主问他，大宋当今谁为品学兼优之士，欧阳修首推吕公著。公著谈书论道，能一下抓住要害，司马光对他这一点极为钦佩——"每闻晦叔①讲，便觉己语为烦。"每次听了吕公著的演讲，他都自愧不如，觉得自己啰里啰唆而不能得其精要。但更

---

① 吕公著字晦叔。

重要的是，吕公著能在自己仕途得意之时，却不顾惜一己的荣光，坚持与朋友共进退。

司马光曾经因为论事得罪，被皇帝罢免了御史中丞的职务。吕公著认为处置不公，他坚辞不就皇帝对自己的更高任命，以此表示对朋友的支持。但他辞职并非装装样子，而是一辞再辞，直到自己的职务终于被解除乃止。

吕公著学问好，为人却并不迂阔，尤其看人极为精准老辣。王安石提携重用吕惠卿襄助变法事宜，吕公著却上书神宗："惠卿固有才，然奸邪不可用。"又说彼吕"獐头鼠目，必是奸邪，将来反对王安石必是此人"。后来，果然被他一语中的。但他当时却因此番言论，大大开罪王安石，被贬去了颍州。

但在仁宗、英宗时代，王安石默默无闻之时，吕公著识才重器，与王安石颇为交好，而王安石也以兄长事之。王安石"博辩骋辞，人莫敢与亢，公著独以精识约言服之"。可以说，当时的王安石，只佩服吕公著一人。王安石曾对很多人表示："晦叔为相，吾辈可以言仕矣。"屡屡辞官不做的王安石，竟然因为吕公著做了宰相，自己也终于愿意出山了。他认为自己所提的变法主张，也一定会得到吕公著的支持。但这次他错了。吕公著对于新法的反对程度，甚至超过了司马光。他数次上书，列举王安石新法过失，"以故交情不终"。

王安石的很多好友，都对他经历了寄望、失望而后抗争、绝望的过程，最后只得退避三舍，眼不见为净。正如后来朱熹所说："是时想见其意好，后来尽背初意，所以诸贤尽不从。"甚至连条例司内被王安石提携重用的七八人，也都出于对变法"事悉乖戾"的认知，而纷纷"恳辞勇退"。

欧阳修与王安石，师友成陌路

王安石与欧阳修的关系也堪可玩味。

一开始，欧阳修曾多次举荐过王安石，可谓识者。《宋史》有云："曾巩，王安石，苏洵、洵子轼、辙，布衣屏处，未为人知，修即游其声誉，谓必显于世。"王安石过目不忘，动笔如飞，好友曾巩把他的文章送给欧阳修看，"修为之延誉"，四处向人称赞他"德行文学，为众所推，守道安贫，刚而不屈"。又特别地夸赞他的文采："小王天下第一，堪比李白韩愈。"

但对于这样一位真心待他的长辈和提携者，两人后来关系竟也势若冰炭。欧阳修脾气直，在地方上为官，在自己辖区公然抵制变法，拒不执行青苗法。不仅如此，他还直接给神宗上疏，请求从根上拔除害人的"青苗"。但他以一己之力，根本不可能力挽狂澜。上疏无望后，他主动提出了退休。当时欧阳修还不算太老，且又是文坛领袖，德高望重，很多人挽留欧阳修。王安石却耿耿于怀，放出狠话，给了欧阳修最重要的一击——

善附流俗，以韩琦为社稷臣。如此人，在一郡则坏一郡，在朝廷则坏朝廷，留之何用？

师友转眼成陌路。

而这话说得太狠、太绝，把欧阳修伤得不轻，致仕仅仅一年多，就郁郁去世了。

此时的王安石高居相位，独揽大权，炙手可热，连皇帝都让着他三分。他宛如秋风扫落叶般，清除着一切变法途中的障碍。得知欧阳公去世的消息，他竟忙里偷闲，高高在上而又避重就轻地写了一篇《祭欧阳文忠公文》，赞美欧阳修"器质之深厚、智识之高远"，其诗词文章则"浩如江河之停蓄""烂如日星之光辉""其清音幽韵，凄如飘风急雨之骤至；其雄辞闳辩，快如轻车骏马之奔驰"……总之，用了一大堆华丽的排比和比喻，来夸赞一代道德文章大家的风采。对欧阳修四十年的政治履历和功绩，却反而轻描淡写，只轻飘飘赞他一生虽仕途困踬，但"果敢之气，刚正之节，至晚而不衰"。自己"临风想望，不能忘情者，念公之不可复见而其谁与归"！

王安石此文，通篇溢美，够华丽，也够空洞。因为你就是找不到一点点他对这位昔日师友的感激、感动和感伤。而他才刚在一年多前咬牙切齿说的那句——"如此人，在一郡则坏一郡，在朝廷则坏朝廷"，人们还都音犹在耳。因此，对他的这篇悼文，怎么看都觉得不是滋味。

尤其是末尾那句："念公之不可复见而其谁与归？"与欧阳文忠在《醉翁亭记》最后的那句空谷绝响——

"微斯人，吾谁与归？"两者无论情怀、心胸、境界，都似有着天壤之别。

王安石走了，司马光来了

据《宋人轶事汇编》——

> 王荆公、司马温公、吕申公、黄门韩公维，仁宗时同在从班，特相友善。暇日多会于僧坊，往往谈终日，他人罕得预，时目为嘉祐四友。

无论文坛还是政坛，司马光与王安石都属于北宋历史上的重量级人物。如果不是后来的变法之争，二人也很可能是一辈子的挚友。

司马光本来极是欣赏王安石。在他后来的一封《与王介甫书》中，曾有过这样一句极为热切的评价："窃见介甫独负天下大名三十余年，才高而学富，难进而易退。远近之士，识与不识，咸谓介甫不起则已，起则太平立可致，生民咸被其泽。"司马光对小自己两岁的王安石可谓推崇备至。在王安石初行新法遭到众人围攻、弹劾时，司马光还极力替他开脱。御史中丞吕诲曾怀揣弹劾奏章，一口气罗列出王安石的十大罪状，指责他："外示朴野，中藏巧诈，阴贼害物……误天下苍生，必斯人也！"司马光看了之后，对其激烈百思不得其解，认为此论着实冤枉了王安石。但随着新法弊端日显，尤其是眼见得青苗法导致民怨沸腾、民不聊生，他渐渐改变了主张，主动站到了变法派的对立面，也成了新法的反对者。他给王安石写信，以昔日挚友的身份，委婉批评他——

　　介甫固大贤，其失在于用心太厚，自信太过。

　　尽变更祖宗之法，先者后之，上者下之，右者左之，成者毁之……

　　司马光越来越发现，这场变法的本质，实则是让天下所有人都"兴利以聚"。而张口闭口谈钱，却是圣贤眼中的"鄙事",属于"浅丈夫之谋"。

司马光见给王安石写信无果，又转而上疏皇帝，请求来个釜底抽薪，干脆罢除变法的核心机构——制置条例司，废除青苗法。他说自己所担忧的，还不是变法所导致的今日之乱象——

臣之所忧，乃在十年之外，非今日也……春算秋计，展转日滋，贫者既尽，富者亦贫。十年之外，百姓无复存者矣。

想象一下王安石看到这句话时的表情！

挚友至此交恶。

身处舆论旋涡的宋神宗身心俱疲，王安石推行新政的强势和听不得别人异议的固执，都使他这个天子寝食难安。有一天，散朝后，他单独把司马光留了下来，暗地里向他诉苦："今天下汹汹者，孙叔敖所谓'国之有是，众之所恶'也。"他对变法导致的人心背离感到忧心忡忡。司马光坦率表示：的确如此。或许感怀于君臣之间这种难得的真诚氛围，他忍不住多了一句嘴——

今条例司所为，独安石、韩绛、惠卿以为
是耳，陛下岂能独与此三人共为天下邪？

这话实在尖刻、难听！

他是要警告皇帝不能只做三个人的皇帝。弦外之
音：可不要做天下独夫啊！

此番谈话后，神宗下决心重用司马光，平衡舆论，
弥补过失。

但这事瞒不过王安石。他跑到皇帝面前，猛烈攻讦
司马光这位昔日好友——

外托劘上之名，内怀附下之实。所言尽害
政之事，所与尽害政之人。

而皇帝倘若坚持重用司马光，则无异于"与异论者
立赤帜也"。

一句话：一山不容二虎。有他没我，有我没他。

神宗无奈作罢。

这事的结果是司马光请求外放，去了洛阳，专心著述。

史书对这一时期的王安石是这么说的：

> 吕公著、韩维，安石藉以立声誉者也；欧阳修、文彦博，荐己者也；富弼、韩琦，用为侍从者也；司马光、范镇，交友之善者也，悉排斥不遗力。

王安石手中的权力越来越大，内心却越来越孤独。

朋友一个个离他而去。

唯一的儿子暴卒。

两个弟弟王安国、王安礼，也对变法引发的民间遽变感到忧虑，与兄长渐生嫌隙，日益疏离。

而表面贴他最紧的吕惠卿，却阳奉阴违，瞅准时机在他背后狠狠捅了一刀，踩着王安石的肉身攀登上了相位……

此时的神宗终于心力交瘁，不久便撒手人寰。新皇帝哲宗年幼，由神宗的母亲，即宣仁太皇太后垂帘听政。她早就对新法痛恨不已，因此，立即起用司马光为相，全面恢复祖宗之法。

司马光从洛阳进京的当日，京城的老百姓倾巢出动，夹道欢迎，道路拥堵到了连司马光的车马都行走不动的地步。很多人为了一睹司马真容，把屋顶都踩塌了。真可谓盛况空前！

老百姓不断大声欢呼：

公无归洛，留相天子，活百姓！

把他奉若天子和人民的大救星！这才刚进城呢，就生怕他再次掉头回洛阳。

王安石把司马光赶到了洛阳。洛阳15年，却真正滋养了司马光。

在那段时间，司马光精读了中国一千多年历史，成就了300万字的《资治通鉴》，展示了过硬的史家功底和政治气魄。而"鉴前世之兴衰"，是为了"考当今之得失"，他也由此被人们赋予了治史者必能治世的理想主义色彩，天下人无不视之为"真宰相"。据《宋史》

记载："田夫野老皆号为司马相公，妇人孺子亦知其为君实也。"

司马光字君实，民间也把他视为实实在在的君子。

宋人王辟之的《渑水燕谈录》也有："司马文正高才全德，大得中外之望，士大夫识与不识，称之曰：君实。下至闾阎匹夫匹妇，莫不能道司马。"

苏东坡在《独乐园》里诗载其事：

> 先生独何事，四海望陶冶；儿童诵君实，走卒知司马。

一句话，司马君实成了众望所归。王安石则被弃如敝屣。

司马光主政后，在很短的时间内罢保甲团教、废市易法等，新法被逐一废除，变法派也遭到了清算。

后来的史家大多认为，北宋末期的新旧党争，其祸端正在于王安石与司马光的变守之争。围绕着祖宗之法的变与不变，人心一分为二，大小官员都被卷入这场旋涡中，仕途的得意、失意，皆与之息息相关。尤其是后来新党、旧党轮番执政，一方上台必对另一方大加责罚与迫害，新、旧两党都付出了惨重代价。人心惶惶，内耗严重，加剧了北宋内政的衰败，给虎视眈眈的外敌留下可乘之机，最终导致历史上最为惨烈的靖康之耻。

但把所有的后果都归结到二人身上，显然有失公允。王安石虽在执政时期说过一些狠话，但二人之争，总体上还是属于执政理念之争，并非私人恩怨。正如司马光所说："光与介甫，趣向虽殊，大归则同。"王安石也认为，他与司马光"议事每不合，所操之术多异故也"。二人旨归，却是高度一致的，都在于"辅世养民"。北宋末期内政外交上的乱象，和二人之争有着本质的不同。

二人甚至在性情、学问、做人等方面多有相似。如王安石是出了名的犟脾气，时人戏称"拗相公"；而司马光也因其缺乏变通、固执己见，被苏东坡背地里呼为"司马牛"。二人诗词学问都很了得，一个位列唐宋八大家；一个主持编纂了中国第一部编年通史。二人也都一生洁身自好，不贪图物质享受。据《邵氏见闻录》："荆公（王安石）、温公（司马光）不好声色，不爱官职，不殖货利皆同。"北宋士大夫蓄妓纳妾成风，生活奢靡讲究，两人却都是坚决不纳妾的少数派。北宋末年，为了集团利益不择手段互相倾轧的残酷党争，已然是另外一回事。

后人多激赏王安石晚年与苏轼两位旷世奇才在金陵的那场会晤，但王安石与司马光的分与合，也堪称传奇，足以诠释人性曾经抵达的高度。

对于他们之间的恩怨纷争，宋人冯澥就已经说得非常好了："王安石、司马光，皆天下之大贤。其优劣等差，自有公论。"

当时，一个反对新法的官员死后，司马光曾在为其所作的墓志铭中对变法有所指摘。有人急忙密告王安石，王安石却不仅不怒，反而将这篇墓志铭挂到了墙上，赞赏道："君实之文，西汉之文也。"

王安石变法失败，退居金陵，郁郁而逝。当时，反对变法的保守派已然掌权，人人都幸灾乐祸，甚至百般诬毁。司马光得知消息后，却在写给吕公著的信里表示："介甫文章节义，过人处甚多……不幸介甫谢世，反复之徒必诋毁百端。光意以谓朝廷宜优加厚礼，以振起浮薄之风！"在司马光的推动下，王安石被追赠太傅，为正一品。

浮薄之风的背后，是人心的凉薄。司马君实却以其善意，保全了这位昔日好友今日政敌的尊严。此举充分展示了北宋文人惺惺相惜一心为公的磊落胸怀。

击倒王安石的最后一根稻草

如果说到北宋最著名的一幅画，很多人必定脱口而出：张择端的《清明上河图》。但北宋历史上的另一幅画，其影响和意义丝毫不亚于《清明上河图》。这就是神宗朝郑侠所绘的《流民图》。

二者皆为写实笔法，不同的是，《清明上河图》描摹了市井繁荣，而后者摹画的却是百业凋敝。两幅图，书写了两个不同的汴京，两个不同的北宋。

郑侠官不大，《宋史》上却有其传述，可见其影响不小。他在绘制这幅图时，却只是汴京安上门的监门，也就是一个把门的小吏。这样一个小人物，如何进得了史家的法眼？其《流民图》又描画了北宋的一幅什么光景呢？

自王安石写下《元日》这一豪迈诗篇之后，一转眼，已到了熙宁七年（1074）。五年过去了，当年"新桃换旧符"的政治美景，如今却已然被《流民图》里的一幅幅可怕的面容所取代——

> 时久旱，流民扶携塞道，身无完衣，被锁械，犹负瓦揭木，卖以偿官……

"时久旱"，是指天气出现了异常。

这事非同小可。皇帝自视天子，对上天的意旨自然不能不在意。而旱涝雪雹地震彗星等等，在古代皆被视为上天对下界执政偏失的警告或惩戒。在后来的徽宗朝，史书上就不断出现"大雨雹""日有食之""诸路蝗""荧惑入斗""太白昼见""白虹贯日""彗出西方"以及干旱、地震、火灾等的记载，每次出现异象险情，皇帝们最常见的应对措施则为"避殿损膳，诏求直言阙失"，或是"虑囚"，又或"出宫女"几十、上百人不等，以求平息天怒人怨。而一旦星变灾情消失，皇帝们往往立即罢求直言，继续吃喝玩乐，搜罗天下美女。

但神宗不同于徽宗，他有志向，有血性，"思除历世之弊，务振非常之功"。他一生节俭，不治宫室，不事游幸，励精图治。因此，在他刚刚听到王安石的"三不足"理论时，立即便为其"矫世变俗"的大无畏精神所深深吸引。

所谓"三不足"，即"天变不足畏、祖宗不足法、人言不足恤"。

"三不足"掷地有声，极富煽动性，极大地激发出了年轻皇帝的好胜与自负。可是，变法在民间引发的心理地震，伴随着自然界的地动山摇，耳畔又每日充斥着大臣们声泪俱下不顾性命的劝阻力谏，神宗不能不将这些恼人的天象与自己改变祖宗之法的变革联系在一起。

这一年多来，首先是旱。从熙宁六年（1073）初秋，一直到第二年的三月，整整十个月的时间都滴雨未下，赤地千里，绝望的种田人，个个一脸的焦渴。庄稼颗粒无收，官府强贷的青苗钱却要一分不少到期归还，农人们简直快要发疯了。有不少人已经弃田逃走，成为流民，有家不敢回。官府来收青苗钱，没有逃走的农民无以还钱，酷吏便命他们将屋子拆掉，背负拆下的砖瓦和梁木，去官府以物抵债。怕路上逃走，又给他们身披一副沉重的枷锁。贫民如此，小康之家乃至富户，也都撑不下去了。史载："中户以下大抵乏食。"照此下去，司马光所谓"十年之外，百姓无复存者矣"将很快变成现实。

其次，这一年还发生了华州山崩。天崩地裂！多么严重的警示。看来天不祚宋，对于撼动了祖宗之法的赵宋，老天真地动怒了！老臣文彦博立即将矛头指向市易法，指责王安石新政"聚敛小臣希进妄作，侵渔贫下，玷累朝廷……"

郑侠作为监门小吏，每天站在城门旁，目睹穿着破衣烂衫的流民悲苦茫然地在城门进进出出，每天听到的都是不绝于耳的呜咽哭泣……民不聊生，令他不断反思变法的利弊。

王安石变法属于顶层设计，其初衷是为了"富国强兵"，是为了"民不加赋而国用饶"。但初衷归初衷，一个新法到底好不好，人心自有一杆秤，民间的喜怒哀乐是最直观的一面镜子。遍布京师的流民，让性情直爽的郑侠做出了一个常识性判断：一个好的新法，至少不会害得百姓质妻鬻子，流离失所。但朝中大臣言辞激烈的谏议皇上都不听，更何况他这个门头小吏！他想来想去，决意将自己所见所闻画下来。所谓"百闻不如一见"。他相信，朴实真切的画面胜过大臣们的千言万语。

此图根本不需要构思布局。那些每天从眼前晃过、一脸悲戚哀苦的百姓都自己跑到了郑侠的笔下。他很快画好了《流民图》。为了进一步加重分量，他还附了一份《论新法进流民图疏》，请求朝廷罢除新法，并言之铿锵：

如陛下行臣之言，十日不雨，即乞斩臣宣
德门外，以正欺君之罪。

郑侠这话，未免赌注太大！

老天爷的事，谁能算得准？都十个月没下雨了，谁知道哪片云彩里有水滴？倘若真的十日之内不下雨，他可就死定了……这其实说明，小小郑侠已将个人生死置之度外。有宋一朝，无论官大官小，有此胆气的不乏其人。

郑侠这一招果然奏了效。史载——

> 神宗反复览图，长吁数四，袖以入内。是
> 夕寝不能寐。

一幅《流民图》使朝廷内外炸了锅，看到这幅图的人无不掉眼泪，两宫太后也哭着咒骂："安石乱天下！"神宗的心里翻江倒海，他第一次真的坐不住了。曾公亮、富弼、欧阳修、韩琦、范纯仁、唐介、赵抃、文彦博、曾巩、司马光、"三苏"……他们个个都是人物，几年来却不约而同跳出来反对新法。对这些，神宗都不以为意，一律视之为老派和保守，"人臣但能言道德，而不以功名之实，亦无补于事"。对于一个有政治抱负的天子而言，不能一切仅从空洞的道德层面出发，因此，他对于反对的声音一向不为所动，并将反对者一个个逐出了京师，为新法的推行扫除了障碍。但现在不一样了，皇帝深居简出，他听到和看到的只是国库进出的冰冷数据，却完全看不到民心坍塌的人间。这幅图却将

一个残酷的现实直接搬到了自己眼前，只看一眼，就再也忘不掉。

他拿着《流民图》，颤抖着问王安石：怎么会这样？不是说好了"民不加赋而国用饶"的吗？为什么会有这么多的人家破人亡流落街头……王安石却从容应对：有什么可大惊小怪的！旱涝灾害是常有的事，不足为虑。他又一次拿出"三不足"的气概来予以驳斥。神宗这一次却大为反感。事实胜于雄辩，他第一次意识到：大旱，绝非小事——

> 朕所以恐惧者，正为人事之未修尔。今取免行钱太重，人情咨怨，至出不逊语。自近臣以至后族，无不言其害。两宫泣下，忧京师乱起，以为天旱更失人心。

第二天，神宗便毅然下令开封府发放免行钱，三司使查察市易法，司农发放常平仓粮，三卫上报熙河用兵之事，诸路上报人民流散原因，青苗、免役法暂停追索，方田、保甲法一起罢除……爱民心切的神宗，一口气发布了八条措施。紧接着，神宗又发布了《责躬诏》，求各方直言。

人间欢声雷动。

或许是这欢呼声真的惊扰到了上苍，根本没到郑侠所说的十日，在颁布一系列修正法令的当天，天上就下起了瓢泼大雨。据《宋史》——

是日果大雨，远近沾洽。

历史不是小说，却有着小说无可追及的传奇色彩。

郑侠反对新法，并非针对王安石。相反，他一直铭记王安石对他的知遇之恩。王安石在做江宁知府期间，因为爱郑侠之才，常常加以言辞勉励，甚至派自己的一个学生到清凉寺给郑侠做伴读。后来等郑侠考中了进士，又立即对他加以提携，使其能够在地方上任职，经受基层的锤炼。郑侠在河南光州任上时，亲历了王安石暴风骤雨般的新法颁布过程，他密切关注青苗、免役、保甲、市易诸法实施之后对百姓生活的巨大改变。但他很快由欣喜转为了忧虑——变法的意图是好的，但新法一层层向基层推进的过程中，几乎每一个中间环节都有投机钻营者的黑手，他们将新法的精神一次次扭曲和篡改，终使之荼毒百姓。任期满后，郑侠立即进京述职。他想赶紧把基层最真实的见闻报告给王安石。耿直的郑侠，将之视为报恩。

郑侠曾写有《和荆公何处难忘酒》一首：

何处难缄口？熙宁政失中。四方三面战，十室九家空。见佞眸如水，闻忠耳似聋。君门深万里，安得此言通？

这首诗和他后来画的《流民图》一样，写实，犀利。

郑侠是个坦率的人，他陈述了新法给民间造成的危害，希望王安石和神宗不要为佞人所惑，要多听听忠言，改弦更张，回头是岸。一开始，对郑侠的建议，王安石听了一些进去，对市易法造成的税收过重现象进行了微调，但总体上还是我行我素。郑侠不屈不挠，一次次跟他辩论，王安石终于火了，不再见他。虽然心情不爽，王安石对郑侠到底还是惜才，后来曾经想安排郑侠到修经局任职。但道不同不相为谋，郑侠拒绝了王安石的美意，在安上门做起了一个监门小吏。郑侠更愿意亲眼看着他所热爱的民间，而不愿做一个两耳不闻窗外事的富贵闲人。

郑侠的官虽小，却有很大的政治抱负，他参政议政的热情一直很高，忧患意识很强。王安石离职后，郑侠不满吕惠卿这个阴鸷小人窃据相位，再次上疏抨击。郑侠这回还是采用了图说方式。他依据唐朝的魏征、姚崇、宋璟、李林甫、卢杞等人的传记内容，画成了两幅图，一曰《正直君子社稷之臣图》，一曰《邪曲小人容悦之臣图》。他把得势骄狂的吕惠卿，比喻成奸臣李林甫之流。吕惠卿看到图谏后勃然大怒，以"谤讪"的罪名将郑侠驱逐出京城，编管汀州。在郑侠流放途中，吕惠卿又怕放虎归山，担心他往后再给自己惹什么乱子，便又将其追回，准备一锤定音，给郑侠判个死罪，彻底肃清他的影响力。吕惠卿这回却错误地估计了他在神宗心目中的分量。神宗听说后，一口否决了他的意图，认为郑侠忠诚可嘉，其言行并非为了个人私利。郑侠的人生结局是移徙英州。

郑侠的官职，简直就像一根稗草，微不足道。但他人如其名，以一身的侠气、硬气，成了击倒变法派的最后一根稻草，成了改变历史方向的大人物。

"三苏"与安石

"三苏"与王安石的关系，最有意思。

苏老泉一开始就瞧不上王介甫。不仅瞧不上，还要洋洋洒洒写一篇《辨奸论》，白纸黑字地表明态度——

今有人，口诵孔、老之言，身履夷、齐之行，收召好名之士、不得志之人，相与造作言语，私立名字，以为颜渊、孟轲复出，而阴贼险狠，与人异趣。是王衍、卢杞合而为一人也。其祸岂可胜言哉？

夫面垢不忘洗，衣垢不忘浣。此人之至情也。今也不然，衣臣虏之衣。食犬彘之食，囚首丧面，而谈诗书，此岂其情也哉？

凡事之不近人情者，鲜不为大奸慝，竖

刁、易牙、开方是也。以盖世之名，而济其未形之患。虽有愿治之主，好贤之相，犹将举而用之。则其为天下患，必然而无疑者，非特二子之比也……

这篇小论文极为精悍劲道，虽然时隔千年，至今读来仍觉麻辣鲜香，气满意足。宋史专家邓广铭先生曾一论再论，证明《辨奸论》非苏洵之作。但即便是托伪之作，偏偏假以老泉之名广为传播，至少说明了一点，那就是苏洵对王安石横竖看不上，在当时已是广为人知的事实。

苏辙有才，曾经被王安石纳入其权力中枢。但随侍左右，贴身观察，使苏辙对介甫得出了"强狠傲诞"的印象，而后与之分道扬镳。苏辙又在其诗歌批评的经典论文《诗病五事》中，直言不讳，以"王介甫，小丈夫也"为论点，从王安石的《兼并》一诗，敏锐找寻到了他后来变法的早期思想萌芽，并据此对这场变法的本质进行了揭批。他认为王安石变法的缘起，是"不忍贫民而深疾富民"，因此，他推行"青苗法"，是夺取富裕阶层的利益。但事实上，从富人那里夺来的财富，却并没有使老百姓享受到改革的成果。不仅没享受到，就连贫民阶层本身也都成了被大力盘剥的重灾区——

> 民无贫富，两税之外，皆重出息十二。吏缘为奸，至倍息，公私皆病矣。

> 然其徒世守其学，刻下媚上，谓之"享上"。有一不"享上"，皆废不用。至于今日，民遂大病。

因此，这场变法虽有着悲悯底层的初心，最后却演变成了打左灯走右道，走的是相反的"享上"路线，即把民间无论贫富之家的口袋全部掏空，用来讨好皇帝，制造国富的假象。苏辙由此得出结论——

> 源其祸出于此诗。盖昔之诗病，未有若此酷者也。

苏辙本来是论诗，却将诗意大幅度荡漾开来，以彼之矛对彼之盾，推导出一首诗所可能导致的严重后果。从这则诗论，可读出苏辙的政治气魄。

苏轼和苏洵、苏辙对王安石的态度又有区别。

苏轼一开始上书反对"新法"，认为"国家之所以存亡者，在道德之浅深，而不在乎强与弱。历数之长短者，在风俗之厚薄，而不在乎富与贵"，又说："夫兴利以聚者，人臣之利也，非社稷之福。省费以养财者，社稷之福也，非人臣之利。"他是从更为深远的生活层面、民生视角，提出了和政治家王安石迥异的变革观点。王安石被迫退休后，司马光上台，将王安石新法逐一铲除，苏轼却又看不惯了，认为有的新法还是有可用之处的，不应该一刀切，反对司马光的一味固守。苏轼也为此两头不讨好，饱尝两派冷眼。

北宋政坛，屡有变法之争，朝堂上百官辩论激烈，在史书上时常可读到某人因一时气急背痛而亡的记载。苏轼却一般不动真气，他的化解之道也更为高超，这就是：戏谑。戏谑可不仅仅是耍嘴皮子功夫，它更能见出一个人的才力、气度和涵养。苏轼极为擅长此道，他与王安石的"智斗"，很多史书有载。

如《调谑编》——

东坡闻荆公《字说》成，戏曰："以竹鞭马为笃，不知以竹鞭犬有何可笑？"又举"坡"字问荆公曰："何义？"荆公曰："坡者，土之皮。"东坡曰："然则滑亦水之骨乎？"荆公默然。荆公又问曰："鸠字从九鸟亦有证乎？"东坡曰：《诗》云：'鸤鸠在桑，其子七兮'，和爷和娘，恰是九个。"荆公欣然而听，久之，始悟其谑也。

又如《北窗炙輠》——

荆公论扬雄投阁事，此史臣之妄耳。岂有扬子云而投阁者，又《剧秦美新》，亦后人诬子云耳。子云岂肯作此文。他日见东坡，遂论及此。东坡云："某亦疑一事。"介甫曰："疑何事？"东坡曰："西汉果有扬子云（扬雄字子云）否？"闻者皆大笑。

苏轼博古通今，才气冠绝，王安石一般不是他的对手，遇到这种斗嘴皮子的事，总是败下阵来。

虽然关于二人此类意气之争的故事有很多，但他们不仅仅有政治上的交锋，也有生活中的交集。尤其是两人晚年，政治上已是落尽繁华，又都先后经历了丧子之痛，王苏之间更多地回归到了质朴的人性层面和文化属性，表现出大家之间特有的大度与从容。

最让后人追想不已的，是二人在金陵的那次历史性的会晤。

据《曲洧旧闻》——

> 东坡自黄徙汝，过金陵，荆公野服乘驴，谒于舟次，东坡不冠而迎，揖曰："轼今日敢以野服见大丞相。"荆公笑曰："礼岂为我辈设哉！"

王安石晚年，喜欢着一身粗布衣裳，骑驴而行。这次金陵会，史书寥寥数语，却几笔勾勒出了一个富有意境的江岸图，极富画面感。那一刻，两人已是一笑泯恩仇，放下了所有的是非恩怨。在金陵，二人携手游蒋山（也即今天的钟山）。

休憩时，王安石忍不住把自己近来的诗作拿给东坡一观。

其中就有《寄蔡氏女子》二首。

蔡氏女，即王安石的女儿之一。因嫁给了蔡卞[①]而谓之蔡氏。

其一为：

> 建业东郭，望城西堭。千嶂承宇，百泉绕溜。青遥遥兮属，绿宛宛兮横逼。积李兮缟夜，崇桃兮炫昼。兰馥兮众植，竹娟兮常茂。柳蔫绵兮含姿，松偃蹇兮献秀。鸟跂兮下上，鱼跳兮左右。顾我兮适我，有斑兮伏兽。感时物兮念汝，迟汝归兮携幼。

[①] 王安石门生。北宋著名奸相蔡京之弟，著名书法家。

对于这首诗，东坡的评价极高，认为"'若积李兮缟夜，崇桃兮炫昼'，自屈宋没世，旷千余年，无复《离骚》句法，乃今见之"。

苏轼这里的口吻，已全然没有了往日对王安石"此老野狐精也"的调侃和戏谑，而是相当正经、隆重。他对这位昔日的政坛对手，不吝美词，给予了极高的文学史意义的好评。

对于东坡的由衷赞美，荆公自然真心笑纳。他说："非子瞻见谀，自负亦如此，然未尝为俗子道也。"并不是人家苏轼给我戴高帽啊，我自己也很自信自负，只不过我一向不喜欢向外人道罢了。他们太俗！

这番对话，其神情气息，宛在眼前。

和东坡聊天，以他的机敏和诙谐，一定极富谈吐的快感。王安石忍不住感叹——

不知更几百年，方有如此人物！

他情不自禁挽留苏轼：留下吧，哪里都别去了，就在金陵置办田舍，和我做邻居。

这一幕，简直像两个卿不离我我不离卿的天真孩童，一方急着要与另一方订立一生一世的约定。

只可惜，苏轼还是启程了。临走，留给王安石一首诗：

骑驴渺渺入荒陂，想见先生未病时。劝我试求三亩宅，从公已觉十年迟。

两个世纪伟人，终于在人生的尽头处，握手言和。

这实在是中国历史上最美好的文人情事之一。

站在历史的维度上看，王安石变法"讲商贾之末利"，实则极具超前性，是继管仲、桑弘羊之后少有的经济学家和改革家。

隋唐以来的诗赋取士，也为宋初所沿袭，这使文人墨客晋身的机会大增，却使那些能够通经致用、臻于治平的人才常被埋没于草野，无法走进更深更高的政治殿堂。宋初范仲淹等人的庆历新政，已经意识到这种取士制度的弊端，在某种程度上遏制了社会上的浇薄浮华文风。但王安石时代，他所要面对的强敌，仍旧是传统诗赋取士制度下的产物，很多改革的反对者，每每以沿袭千年的传统经济观念来评价王安石"民不加赋而国用饶"的谬误与荒唐，认为这是绝不可能发生的事情。在当时的人们看来，一个社会的财富，是一个不变的定量，而所谓变法，无非就是把社会财富从一个口袋"变"到另一个口袋里。这个过程中，有人有得，必会有人有失。政府财政上去了，国库充盈，就必然意味着民间财富的被掠夺。

但王安石的根本思路是去触动大地主大商人的利益，试图对传统的社会经济结构和国家财政来源做一次破坏和重建。他是想要通过做"增量"，来实现其"民不加赋而国用饶"的战略构想。但在当时皇权统治的封建农业社会中，这一旷世治国理念注定不会有真正的知音，更无法得到真正的贯彻。更何况，王安石所用非人，手下的几个"得力"干将，皆有重大的道德瑕疵——如李定隐瞒母丧，不按照规制丁忧三年，照样每天出入朝廷，被道德君子纷纷斥为"非人"；吕惠卿则是个蛰伏在王安石身边的彻头彻尾的投机小人；而在后世享有盛誉的科学家、文学家沈括，虽满肚子学问，但偏偏人品不佳，表面和气，背地里阴损，喜欢向上打小报告，出卖朋友……因此，这场变法只能是惨淡收场。

后　记

可惜风流总闲却。王安石晚年常以此句回望、沉吟自己的一生，笔者也每以此句回望赵宋的文化星空。

王安石晚年居处，是金陵的半山园。离笔者的锁金村住处仅一条富贵山隧道之隔。每每由北而南，穿过那条幽深的隧道，眼前便觉豁然一亮。或许，回望历史，也必然要经由这样一条幽远深邃的时空隧道，而后，才能从恍惚走向豁然。

苏东坡突围

余秋雨

越是超时代的文化名人，往往越不能相容于他所处的具体时代。中国世俗社会的机制非常奇特，它一方面愿意播扬和哄传一位文化名人的声誉，利用他、榨取他、引诱他；另一方面从本质上却把他视为异类，迟早会排拒他、糟践他、毁坏他。

一

　　住在这远离闹市的半山居所里，安静是有了，但寂寞也来了，有时还来得很凶猛，特别在深更半夜。只得独个儿在屋子里转着圈，拉下窗帘，隔开窗外壁立的悬崖和翻卷的海潮，眼睛时不时地瞟着床边那乳白色的电话。它竟响了，急忙冲过去，是台北《中国时报》社打来的，一位不相识的女记者，说我的《文化苦旅》一书在台湾销售情况很好，因此要作越洋电话采访。问了我许多问题，出身、经历、爱好，无一遗漏。最后一个问题是："在中国文化史上，您最喜欢哪一位文学家？"我回答：苏东坡。她又问："他的作品中，您最喜欢哪几篇？"我回答：在黄州写赤壁的那几篇。记者小姐几乎没有停顿就接口道："您是说《念奴娇·赤壁怀古》和前、后《赤壁赋》?"我说对,心里立即为苏东坡高兴,他的作品是中国文人的通用电码,一点就着,哪怕是半山深夜、海峡阻隔、素昧平生。

放下电话,我脑子中立即出现了黄州赤壁。去年夏天刚去过,印象还很深刻。记得去那儿之前,武汉的一些朋友纷纷来劝阻,理由是著名的赤壁之战并不是在那里打的,苏东坡怀古怀错了地方,现在我们再跑去认真凭吊,说得好听一点是将错就错,说得难听一点是错上加错,天那么热,路那么远,何苦呢?

我知道多数历史学家不相信那里是真的打赤壁之战的地方,他们大多说是在嘉鱼县打的。但最近几年,湖北省的几位中青年历史学家持相反意见,认为苏东坡怀古没怀错地方,黄州赤壁正是当时大战的主战场。对于这个争论我一直兴致勃勃地关心着,不管争论前景如何,黄州我还是想去看看的,不是从历史的角度看古战场的遗址,而是从艺术的角度看苏东坡的情怀。大艺术家即便错,也会错出魅力来。好像王尔德说过,在艺术中只有美丑而无所谓对错。

于是我还是去了。

这便是黄州赤壁。赭红色的陡峭石坡直逼着浩荡东去的大江，坡上有险道可以攀登俯瞰，江面有小船可供荡桨仰望，地方不大，但一俯一仰之间就有了气势，有了伟大与渺小的比照，有了视觉空间的变异和倒错，因此也就有了游观和冥思的价值。客观景物只提供一种审美可能，而不同的游人才使这种可能获得不同程度的实现。苏东坡以自己的精神力量给黄州的自然景物注入了意味，而正是这种意味，使无生命的自然形式变成美。因此不妨说，苏东坡不仅是黄州自然美的发现者，而且也是黄州自然美的确定者和构建者。

但是，事情的复杂性在于，自然美也可倒过来对人进行确定和构建。苏东坡成全了黄州，黄州也成全了苏东坡，这实在是一种相辅相成的有趣关系。苏东坡写于黄州的那些杰作，既宣告着黄州进入了一个新的美学等级，也宣告着苏东坡进入了一个新的人生阶段，两方面一起提升，谁也离不开谁。

苏东坡走过的地方很多，其中不少地方远比黄州美丽，为什么一个僻远的黄州还能给他如此巨大的惊喜和震动呢？他为什么能把如此深厚的历史意味和人生意味投注给黄州呢？黄州为什么能够成为他一生中最重要的人生驿站呢？这一切，决定于他来黄州的原因和心态。他从监狱里走来，他带着一个极小的官职，实际上以一个流放罪犯的身份走来，他带着官场和文坛泼给他的浑身脏水走来，他满心侥幸又满心绝望地走来。他被人押着，远离自己的家眷，没有资格选择黄州之外的任何一个地方，朝着这个当时还很荒凉的小镇走来。

他很疲倦，他很狼狈，出汴梁、过河南、渡淮河、进湖北、抵黄州，萧条的黄州没有给他预备任何住所，他只得在一所寺庙中住下。他擦一把脸，喘一口气，四周一片静寂，连一个朋友也没有，他闭上眼睛摇了摇头。他不知道，此时此刻，他完成了一次永载史册的文化突围。黄州，注定要与这位伤痕累累的突围者进行一场继往开来的壮丽对话。

二

人们有时也许会傻想，像苏东坡这样让中国人共享千年的大文豪，应该是他所处的时代的无上骄傲，他周围的人一定会小心地珍惜他，虔诚地仰望他，总不愿意去找他的麻烦吧？事实恰恰相反，越是超时代的文化名人，往往越不能相容于他所处的具体时代。中国世俗社会的机制非常奇特，它一方面愿意播扬和轰传一位文化名人的声誉，利用他、榨取他、引诱他；另一方面从本质上却把他视为异类，迟早会排拒他、糟践他、毁坏他。起哄式的传扬，转化为起哄式的贬损，两种起哄都起源于自卑而狡黠的觊觎心态，两种起哄都与健康的文化氛围南辕北辙。

苏东坡到黄州来之前正陷于一个被文学史家称为"乌台诗狱"的案件中，这个案件的具体内容是特殊的，但集中反映了文化名人在中国社会的普遍遭遇，很值得说一说。搞清了这个案件中各种人的面目，才能理解苏东坡到黄州来究竟是突破了一个什么样的包围圈。

为了不使读者把注意力耗费在案件的具体内容上，我们不妨先把案件的底交代出来。即便站在朝廷的立场上，这也完全是一个莫须有的可笑事件。一群大大小小的文化官僚硬说苏东坡在很多诗中流露了对政府的不满和不敬，方法是对他诗中的词句和意象作上纲上线的推断和诠释，搞了半天连神宗皇帝也不太相信，在将信将疑之间几乎不得已地判了苏东坡的罪。在中国古代的皇帝中，宋神宗绝对是不算坏的，在他内心并没有迫害苏东坡的任何企图，他深知苏东坡的才华，他的祖母光献太皇太后甚至竭力要保护苏东坡，而他又是非常尊重祖母意见的，在这种情况下，苏东坡不是非常安全吗？然而，完全不以神宗皇帝和太皇太后的意志为转移，名震九州、官居太守的苏东坡还是下了大狱。这一股强大而邪恶的力量，就很值得研究了。

这件事说来话长。在专制制度下的统治者也常常会摆出一种重视舆论的姿态，有时甚至还设立专门在各级官员中找岔子、寻毛病的所谓谏官，充当朝廷的耳目和喉舌。乍一看这是一件好事，但实际上弊端甚多。这些具有舆论形象的谏官所说的话，别人无法声辩，也不存在调查机制和仲裁机制，一切都要赖仗于他们的私人品质，但对私人品质的考察机制同样也不具备，因而所谓舆论云云常常成为一种歪曲事实、颠倒是非的社会灾难。这就像现代的报纸如果缺乏足够的职业道德又没有相应的法规制约，信马由缰，随意褒贬，受伤害者无处可以说话，不知情者却误以为白纸黑字是舆论所在，这将会给人们带来多大的混乱！苏东坡早就看出这个问题的严重性，认为这种不受任何制约的所谓舆论和批评，足以改变朝廷决策者的心态，又具有很大的政治杀伤力（"言及乘舆，则天子改容，事关廊庙，则宰相待罪"），必须予以警惕，但神宗皇帝由于自身地位的不同无法意识到这一点。没想到，正是苏东坡自己尝到了他预言过的苦果，而神宗皇帝为了维护自己尊重舆论的形象，当批评苏东坡的言论几乎不约而同地聚合在一起时，他也不能为苏东坡讲什么话了。

那么，批评苏东坡的言论为什么会不约而同地聚合在一起呢？我想最简要的回答是他弟弟苏辙说的那句话："东坡何罪？独以名太高。"他太出色、太响亮，能把四周的笔墨比得十分寒碜，能把同代的文人比得有点狼狈，引起一部分人酸溜溜的嫉恨，然后你一拳我一脚地糟践，几乎是不可避免的。在这场可耻的围攻中，一些品格低劣的文人充当了急先锋。

例如舒亶。这人可称之为"检举揭发专业户"，在揭发苏东坡的同时他还揭发了另一个人，那人正是以前推荐他做官的大恩人。这位大恩人给他写了一封信，拿了女婿的课业请他提意见、辅导，这本是朋友间非常正常的小事往来，没想到他竟然忘恩负义地给皇帝写了一封莫名其妙的检举揭发信，说我们两人都是官员，我又在舆论领域，他让我辅导他女婿总不大妥当。皇帝看了他的检举揭发，也就降了那个人的职。这简直是东郭先生和狼的故事。就是这么一个让人恶心的人，与何正臣等人相呼应，写文章告诉皇帝，苏东坡到湖州上任后写给皇帝的感谢信中"有讥切时事之言"。苏东坡的这封感谢信皇帝早已看过，没发现问题，舒亶却苦口婆心地一款一款分析给皇帝听，苏东坡正在反您呢，反得可凶呢，而且已经反到了"流俗翕然，争相传诵，忠义之士，无不愤惋"的程度！"愤"是愤苏东坡，"惋"是惋皇上。有多少忠义之士在"愤惋"呢？他说是"无不"，也就是百分之百，无一遗漏。这种数量统计完全无法验证，却能使注重社会名声的神宗皇帝心头一咯噔。

又如李定。这是一个曾因母丧之后不服孝而引起人们唾骂的高官，对苏东坡的攻击最凶。他归纳了苏东坡的许多罪名，但我仔细鉴别后发现，他特别关注的是苏东坡早年的贫寒出身、现今在文化界的地位和社会名声。这些都不能列入犯罪的范畴，但他似乎压抑不住地对这几点表示出最大的愤慨。说苏东坡"起于草野垢贱之余"，"初无学术，滥得时名"，"所为文辞，虽不中理，亦足以鼓动流俗"，等等。苏东坡的出身引起他的不服且不去说它，硬说苏东坡不学无术、文辞不好，实在使我惊讶不已。但他不这么说也就无法断言苏东坡的社会名声和世俗鼓动力是"滥得"。总而言之，李定的攻击在种种表层动机下显然埋藏着一个最深秘的原素：妒忌。无论如何，诋毁苏东坡的学问和文采毕竟是太愚蠢了，这在当时加不了苏东坡的罪，而在以后却成了千年笑柄。但是妒忌一深就会失控，他只会找自己最痛恨的部位来攻击，已顾不得哪怕是装装样子的可信性和合理性了。

又如王圭。这是一个跋扈和虚伪的老人。他凭着资格和地位自认为文章天下第一，实际上他写诗作文绕来绕去都离不开"金玉锦绣"这些字眼，大家暗暗掩口而笑，他还自我感觉良好。现在，一个后起之秀苏东坡名震文坛，他当然要想尽一切办法来对付。有一次他对皇帝说："苏东坡对皇上确实有二心。"皇帝问："何以见得？"他举出苏东坡一首写桧树的诗中有"蛰龙"二字为证，皇帝不解，说："诗人写桧树，和我有什么关系？"他说："写到了龙还不是写皇帝吗？"皇帝倒是头脑清醒，反驳道："未必，人家叫诸葛亮还叫卧龙呢！"这个王圭用心如此低下，文章能好到哪儿去呢？更不必说与苏东坡来较量了。几缕白发有时能够冒充师长、掩饰邪恶，却欺骗不了历史。历史最终也没有因为年龄把他的名字排列在苏东坡的前面。

又如李宜之。这又是另一种特例，做着一个芝麻绿豆小官，在安徽灵璧县听说苏东坡以前为当地一个园林写的一篇园记中有劝人不必热衷于做官的词句，竟也写信给皇帝检举揭发，并分析说这种思想会使人们缺少进取心，也会影响取士。看来这位李宜之除了心术不正之外，智力也大成问题，你看他连诬陷的口子都找得不伦不类。但是，在没有理性法庭的情况下，再愚蠢的指控也能成立，因此对散落全国各地的李宜之们构成了一个鼓励。为什么档次这样低下的人也会挤进来围攻苏东坡？当代苏东坡研究者李一冰先生说得很好："他也来插上一手，无他，一个默默无闻的小官，若能参加一件扳倒名人的大事，足使自己增重。"从某种意义上说，他的这种目的确实也部分地达到了，例如我今天写这篇文章竟然还会写到李宜之这个名字，便完全是因为他参与了对苏东坡的围攻，否则他没有任何理由被哪怕是同一时代的人写在印刷品里。我的一些青年朋友根据他们对当今世俗心理的多方位体察，觉得李宜之这样的人未必是为了留名于历史，而是出于一种可称作"砸窗子"的恶作剧心理。晚上，一群孩子站在一座大楼前指指点点，看谁家的窗子亮就捡一块石子扔过去，谈不上什么目的，只图在几个小朋友中间出点风头而已。我觉得我的青年朋友们把李宜之看得过于现代派、也过于城市化了。李宜之的行为主要出于一种政治投机，听说苏东坡有点麻烦，就把麻烦闹得大一点，反正对内不会负道义责任，对外不会负法律责任，乐得投井下石，撑顺风船。这样的人倒是没有胆量像李定、舒亶和王圭那样首先向一位文化名人发难，说不定前两天还在到处吹嘘在什么地方有幸见过苏东坡、硬把苏东坡说成是自己的朋友甚至老师呢。

又如——我真不想写出这个名字，但再一想又没有讳避的理由，还是写出来吧：沈括。这位在中国古代科技史上占有不小地位的著名科学家也因嫉妒而陷害过苏东坡，用的手法仍然是检举揭发苏东坡诗中有讥讽政府的倾向。如果他与苏东坡是政敌，那倒也罢了，问题是他们曾是好朋友，他所检举揭发的诗句，正是苏东坡与他分别时手录近作送给他留作纪念的。这实在太不是味道了。历史学家们分析，这大概与皇帝在沈括面前说过苏东坡的好话有关，沈括心中产生了一种默默的对比，不想让苏东坡的文化地位高于自己。另一种可能是他深知王安石与苏东坡政见不同，他投注投到了王安石一边。但王安石毕竟也是一个讲究人品的文化大师，重视过沈括，但最终却得出这是一个不可亲近的小人的结论。当然，在人格人品上的不可亲近，并不影响我们对沈括科学成就的肯定。

围攻者还有一些，我想举出这几个也就差不多了，苏东坡突然陷入困境的原因已经可以大致看清，我们也领略了一组有可能超越时空的"文化群小"的典型。他们中的任何一个人要单独搞倒苏东坡都是很难的，但是在社会上没有一种强大的反诽谤、反诬陷机制的情况下，一个人探头探脑的冒险会很容易地招来一堆凑热闹的人，于是七嘴八舌地组合成一种伪舆论，结果连神宗皇帝也对苏东坡疑惑起来，下旨说查查清楚，而去查的正是李定这些人。

苏东坡开始很不在意。有人偷偷告诉他，他的诗被检举揭发了，他先是一怔，后来还潇洒、幽默地说："今后我的诗不愁皇帝看不到了。"但事态的发展却越来越不潇洒，1079 年 7 月 28 日，朝廷派人到湖州的州衙来逮捕苏东坡，苏东坡事先得知风声，立即不知所措。文人终究是文人，他完全不知道自己犯了什么罪，从气势汹汹的样子看，估计会处死，他害怕了，躲在后屋里不敢出来，朋友说躲着不是办法，人家已在前面等着了，要躲也躲不过。正要出来他又犹豫了，出来该穿什么服装呢？已经犯了罪，还能穿官服吗？朋友说，什么罪还不知道，还是穿官服吧。苏东坡终于穿着官服出来了，朝廷派来的差官装模作样地半天不说话，故意要演一个压得人气都透不过来的场面出来。苏东坡越来越慌张，说："我大概把朝廷惹恼了，看来总得死，请允许我回家与家人告别。"差官说"还不至于这样"，便叫两个差人用绳子捆扎了苏东坡，像驱赶鸡犬一样上路了。家人赶来，号啕大哭，湖州城的市民也在路边流泪。

长途押解，犹如一路示众，可惜当时几乎没有什么传播媒介，沿途百姓不认识这就是苏东坡。贫瘠而愚昧的国土上，绳子捆扎着一个世界级的伟大诗人，一步步行进。

全部遭遇还不知道半点起因，苏东坡只怕株连亲朋好友，在途经太湖和长江时都想投水自杀，由于看守严密而未成。当然也很可能成，那么，江湖淹没的将是一大截特别明丽的中华文明。文明的脆弱性就在这里，一步之差就会全盘改易，而把文明的代表者逼到这一步之差境地的则是一群小人。

小人牵着大师，大师牵着历史。小人顺手把绳索重重一抖，于是大师和历史全都成了罪孽的化身。一部中国文化史，有很长时间一直捆押在被告席上，而法官和原告，大多是一群群挤眉弄眼的小人。

究竟是什么罪？审起来看！

怎么审？打！

　　一位官员曾关在同一监狱里，与苏东坡的牢房只有一墙之隔，他写诗道：

　　　　遥怜北户吴兴守，诟辱通宵不忍闻。

　　通宵侮辱、摧残到了其他犯人也听不下去的地步，而侮辱、摧残的对象竟然就是苏东坡！

　　请允许我在这里把笔停一下。我相信一切文化良知都会在这里战栗。中国几千年间有几个像苏东坡那样可爱、高贵而有魅力的人呢？但可爱、高贵、魅力之类往往既构不成社会号召力也构不成自我卫护力，真正厉害的是邪恶、低贱、粗暴，它们几乎战无不胜、攻无不克、所向无敌。现在，苏东坡被它们抓在手里搓捏着，越是可爱、高贵、有魅力，搓捏得越起劲。温和柔雅如林间清风、深谷白云的大文豪面对这彻底陌生的语言系统和行为系统，不可能作任何像样的辩驳，他一定变得非常笨拙，无法调动起码的言语，无法完成简单的逻辑。他在牢房里的应对，绝对比不过一个普通的盗贼。因此审问者们愤怒了也高兴了，原来这么个大名人竟是草包一个，你平日的滔滔文辞被狗吃掉了？看你这副熊样还能写诗作词？纯粹是抄人家的吧？接着就是轮番扑打，诗人用纯银般的嗓子哀号着，哀号到嘶哑。这本是一个只需要哀号的地方，你写那么美丽的诗就已荒唐透顶了，还不该打？打，打得你淡妆浓抹，打得你乘风归去，打得你密州出猎！

开始，苏东坡还试图拿点儿正常逻辑顶几句嘴，审问者咬定他的诗里有讥讽朝廷的意思，他说："我不敢有此心，不知什么人有此心，造出这种意思来。"一切诬陷者都喜欢把自己打扮成某种"险恶用心"的发现者，苏东坡指出，他们不是发现者而是制造者。那也就是说，诬陷者所推断出来的"险恶用心"，可以看作是他们自己的内心，因此应该由他们自己来承担。我想一切遭受诬陷的人都会或迟或早想到这个简单的道理，如果这个道理能在中国普及，诬陷的事情一定会大大减少。但是，在牢房里，苏东坡的这一思路招来了更凶猛的侮辱和折磨，当诬陷者和办案人完全合成一体、串成一气时，只能这样。终于，苏东坡经受不住了，经受不住日复一日、通宵达旦的连续逼供，他想闭闭眼，喘口气，唯一的办法就是承认。于是，他以前的诗中有"道旁苦李"，是在说自己不被朝廷重视；诗中有"小人"字样，是讽刺当朝大人；特别是苏东坡在杭州做太守时兴冲冲去看钱塘潮，回来写了咏弄潮儿的诗"吴儿生长狎涛渊"，据说竟是在影射皇帝兴修水利！这种大胆联想，连苏东坡这位浪漫诗人都觉得实在不容易跳跃过去，因此在承认时还不容易"一步到位"，审问者有本事耗时间一点点逼过去。案卷记录上经常出现的句子是："逐次隐讳，不说情实，再勘方招。"苏东坡全招了，同时他也就知道必死无疑了。试想，把皇帝说成"吴儿"，把兴修水利说成玩水，而且在看钱塘潮时竟一心想着写反诗，那还能活？

他一心想着死。他觉得连累了家人，对不起老妻，又特别想念弟弟。他请一位善良的狱卒带了两首诗给苏辙，其中有这样的句子："是处青山可埋骨，他时夜雨独伤神，与君世世为兄弟，又结来生未了因。"埋骨的地点，他希望是杭州西湖。

不是别的，是诗句，把他推上了死路。我不知道那些天他在铁窗里是否抱怨甚至痛恨诗文。没想到，就在这时，隐隐约约地，一种散落四处的文化良知开始汇集起来了，他的诗文竟然在这危难时分产生了正面回应，他的读者们慢慢抬起了头，要说几句对得起自己内心的话了。很多人不敢说，但毕竟还有勇敢者；他的朋友大多躲避，但毕竟还有侠义人。

杭州的父老百姓想起他在当地做官时的种种美好行迹，在他入狱后公开做了解厄道场，求告神明保佑他；狱卒梁成知道他是大文豪，在审问人员离开时尽力照顾生活，连每天晚上的洗脚热水都准备了；他在朝中的朋友范镇、张方平不怕受到牵连，写信给皇帝，说他在文学上"实天下之奇才"，希望宽大；他的政敌王安石的弟弟王安礼也仗义执言，对皇帝说："自古大度之君，不以言语罪人"，如果严厉处罚了苏东坡，"恐后世谓陛下不能容才"。最有趣的是那位我们上文提到过的太皇太后，她病得奄奄一息，神宗皇帝想大赦犯人来为她求寿，她竟说："用不着去赦免天下的凶犯，放了苏东坡一人就够了！"最直截了当的是当朝左相吴充，有次他与皇帝谈起曹操，皇帝对曹操评价不高，吴充立即接口说："曹操猜忌心那么重还容得下祢衡，陛下怎么容不下一个苏东坡呢？"

对这些人，不管是狱卒还是太后，我们都要深深感谢。他们比研究者们更懂得苏东坡的价值，就连那盆洗脚水也充满了文化的热度。

据王巩《甲申杂记》记载，那个带头诬陷、调查、审问苏东坡的李定，整日得意洋洋，有一天与满朝官员一起在崇政殿的殿门外等候早朝时向大家叙述审问苏东坡的情况，他说："苏东坡真是奇才，一二十年前的诗文，审问起来都记得清清楚楚！"他以为，对这么一个轰传朝野的著名大案，一定会有不少官员感兴趣，但奇怪的是，他说了这番引逗别人提问的话之后，没有一个人搭腔，没有一个人提问，崇政殿外一片静默。他有点慌神，故作感慨状，叹息几声，回应他的仍是一片静默。这静默算不得抗争，也算不得舆论，但着实透着点儿高贵。相比之下，历来许多诬陷者周围常常会出现一些不负责任的热闹，以嘈杂助长了诬陷。

就在这种情势下，皇帝释放了苏东坡，贬谪黄州。黄州对苏东坡的重要性，不言而喻。

三

我非常喜欢读林语堂先生的《苏东坡传》，前后读过多少遍都记不清了，但每次总觉得语堂先生把苏东坡在黄州的境遇和心态写得太理想了。语堂先生酷爱苏东坡的黄州诗文，因此由诗文渲染开去，由酷爱渲染开去，渲染得通体风雅、圣洁。其实，就我所知，苏东坡在黄州还是很凄苦的，优美的诗文，是对凄苦的挣扎和超越。

苏东坡在黄州的生活状态，已被他自己写给李端叔的一封信描述得非常清楚。信中说：

> 得罪以来，深自闭塞，扁舟草履，放浪山水间，与樵渔杂处，往往为醉人所推骂，辄自喜渐不为人识。平生亲友，无一字见及，有书与之亦不答，自幸庶几免矣。

我初读这段话时十分震动，因为谁都知道苏东坡这个乐呵呵的大名人是有很多很多朋友的。日复一日的应酬，连篇累牍的唱和，几乎成了他生活的基本内容，他一半是为朋友们活着。但是，一旦出事，朋友们不仅不来信，而且也不回信了。他们都知道苏东坡是被冤屈的，现在事情大体已经过去，却仍然不愿意写一两句哪怕是问候起居的安慰话。苏东坡那一封封用美妙绝伦、光照中国书法史的笔墨写成的信，千辛万苦地从黄州带出去，却换不回一丁点儿友谊的信息。我相信这些朋友都不是坏人，但正因为不是坏人，更让我深长地叹息。总而言之，原来的世界已在身边轰然消失，于是一代名人也就混迹于樵夫渔民间不被人认识。本来这很可能换来轻松，但他又觉得远处仍有无数双眼睛注视着自己，他暂时还感觉不到这个世界对自己的诗文仍有极温暖的回应，只能在寂寞中惶恐。即便这封无关宏旨的信，他也特别注明不要给别人看。日常生活，在家人接来之前，大多是白天睡觉，晚上一个人出去溜达，见到淡淡的土酒也喝一杯，但绝不喝多，怕醉后失言。

他真的害怕了吗？也是也不是。他怕的是麻烦，而绝不怕大义凛然地为道义、为百姓，甚至为朝廷、为皇帝捐躯。他经过"乌台诗案"已经明白，一个人蒙受了诬陷即便是死也死不出一个道理来，你找不到慷慨陈词的目标，你抓不住从容赴死的理由。你想做个义无反顾的英雄，不知怎么一来把你打扮成了小丑；你想做个坚贞不屈的烈士，闹来闹去却成了一个深深忏悔的俘虏。无法洗刷，无处辩解，更不知如何来提出自己的抗议，发表自己的宣言。这确实很接近有的学者提出的"酱缸文化"，一旦跳在里边，怎么也抹不干净。苏东坡怕的是这个，没有哪个高品位的文化人会不怕。但他的内心实在仍有无畏的一面，或者说灾难使他更无畏了。他给李常的信中说：

吾侪虽老且穷，而道理贯心肝，忠义填骨髓，直须谈笑于死生之际。……虽怀坎壈于时，遇事有可遵主泽民者，便忘躯为之，祸福得丧，付与造物。

这么真诚的勇敢，这么洒脱的情怀，出自天真了大半辈子的苏东坡笔下，是完全可以相信的，但是，让他在何处做这篇人生道义的大文章呢？没有地方，没有机会，没有观看者也没有裁决者，只有一个把是非曲直忠奸善恶染成一色的大酱缸。于是，苏东坡刚刚写了上面这几句，支颐一想，又立即加一句：此信看后烧毁。

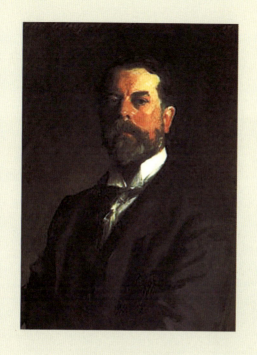

约翰·辛格·萨金特
(John Singer Sargent 1856—1925)

　　美国画家，生于意大利佛罗伦萨，是当时肖像画的领军人物之一。多为上层人士作肖像画，如西奥多·罗斯福、约翰·洛克菲勒等。1910年后热衷于水彩风景。1890-1910年为波士顿公共图书馆和波士顿美术馆作壁画。

约翰·辛格·萨金特
John Singer Sargent

约翰·辛格·萨金特
John Singer Sargent

约翰·辛格·萨金特

John Singer Sargent

这是一种真正精神上的孤独无告，对于一个文化人，没有比这更痛苦的了。那阕著名的"卜算子"，用极美的意境道尽了这种精神遭遇：

> 缺月挂疏桐，漏断人初静。谁见幽人独往来？缥缈孤鸿影。
> 惊起却回头，有恨无人省。拣尽寒枝不肯栖，寂寞沙洲冷。

正是这种难言的孤独，使他彻底洗去了人生的喧闹，去寻找无言的山水，去寻找远逝的古人。在无法对话的地方寻找对话，于是对话也一定会变得异乎寻常。像苏东坡这样的灵魂竟然寂然无声，那么，迟早总会突然冒出一种宏大的奇迹，让这个世界大吃一惊。

然而，现在他即便写诗作文，也不会追求社会轰动了。他在寂寞中反省过去，觉得自己以前最大的毛病是才华外露，缺少自知之明。一段树木靠着瘦瘤取悦于人，一块石头靠着晕纹取悦于人，其实能拿来取悦于人的地方恰恰正是它们的毛病所在，它们的正当用途绝不在这里。我苏东坡三十余年来想博得别人叫好的地方也大多是我的弱项所在，例如从小为考科举学写政论、策论，后来更是津津乐道于考论历史是非、直言陈谏曲直，做了官以为自己真的很懂得这一套了，洋洋自得地炫耀，其实我又何尝懂呢？直到一下子面临死亡才知道，我是在炫耀无知。三十多年来最大的弊病就在这里。现在终于明白了，到黄州的我是觉悟了的我，与以前的苏东坡是两个人。（参见《李端叔书》）

苏东坡的这种自省，不是一种走向乖巧的心理调整，而是一种极其诚恳的自我剖析，目的是想找回一个真正的自己。他在无情地剥除自己身上每一点异己的成分，哪怕这些成分曾为他带来过官职、荣誉和名声。他渐渐回归于清纯和空灵，在这一过程中，佛教帮了他大忙，使他习惯于淡泊和静定。艰苦的物质生活，又使他不得不亲自垦荒种地，体味着自然和生命的原始意味。

这一切，使苏东坡经历了一次整体意义上的脱胎换骨，也使他的艺术才情获得了一次蒸馏和升华，他，真正地成熟了——与古往今来许多大家一样，成熟于一场灾难之后，成熟于灭寂后的再生，成熟于穷乡僻壤，成熟于几乎没有人在他身边的时刻。幸好，他还不年老，他在黄州期间，是四十四岁至四十八岁，对一个男人来说，正是最重要的年月，今后还大有可为。中国历史上，许多人觉悟在过于苍老的暮年，换言之，成熟在过了季节的年岁，刚要享用成熟所带来的恩惠，脚步却已踉跄蹒跚；与他们相比，苏东坡真是好命。

成熟是一种明亮而不刺眼的光辉，一种圆润而不逆耳的音响，一种不再需要对别人察言观色的从容，一种终于停止向周围申诉求告的大气，一种不理会哄闹的微笑，一种洗刷了偏激的淡漠，一种无须声张的厚实，一种并不陡峭的高度。勃郁的豪情发过了酵，尖利的山风收住了劲，湍急的细流汇成了湖，结果——

引导千古杰作的前奏已经鸣响，一道神秘的天光射向黄州，《念奴娇·赤壁怀古》和前、后《赤壁赋》马上就要产生。

辛弃疾：把栏杆拍遍

梁衡

他这个书生，这个工作狂，实在太过了，"过则成灾"，终于惹来了许多的诽谤，甚至说他独裁、犯上。皇帝对他也就时用时弃。国有危难时招来用几天，朝有谤言，又弃而闲几年，这就是他的基本生活节奏，也是他一生最大的悲剧。

　　中国历史上由行伍出身，以武起事，而最终以文为业，成为大诗词作家的只有一人，这就是辛弃疾。这也注定了他的词及他这个人在文人中的唯一性和在历史上的独特地位。

　　在我看到的资料里，辛弃疾至少是快刀利剑地杀过几次人的。他天生孔武高大，从小苦修剑法。他又生于金宋乱世，不满金人的侵略蹂躏，22岁时他就拉起了一支数千人的义军，后又与耿京为首的义军合并，并兼任书记长，掌管印信。一次义军中出了叛徒，将印信偷走，准备投金。辛弃疾手提利剑单人独马追贼两日，第三天提回一颗人头。为了光复大业，他又说服耿京南归，南下临安亲自联络。不想就这几天之内又变生肘腋，当他完成任务返回时，部将叛变，耿京被杀。辛大怒，跃马横刀，只率数骑突入敌营生擒叛将，又奔突千里，将其押解至临安正法，并率万人南下归宋。说来，他干这场壮举时还只是一个英雄少年，正血气方刚，欲为朝廷痛杀贼寇，收复失地。

但世上的事并不能心想事成。南归之后，他手里立即失去了钢刀利剑，就只剩下一支羊毫软笔，他也再没有机会奔走沙场，血溅战袍，而只能笔走龙蛇，泪洒宣纸，为历史留下一声声悲壮的呼喊、遗憾的叹息和无奈的自嘲。

应该说，辛弃疾的词不是用笔写成，而是用刀和剑刻成的。他是以一个沙场英雄和爱国将军的形象留存在历史上和自己的诗词中。时隔千年，当今天我们重读他的作品时，仍感到一种凛然杀气和磅礴之势。比如这首著名的《破阵子》：

醉里挑灯看剑，梦回吹角连营，八百里分麾下炙，五十弦翻塞外声。沙场秋点兵。

马作的卢飞快，弓如霹雳弦惊。了却君王天下事，赢得身前身后名。可怜白发生。

我敢大胆说一句，这首词除了武圣岳飞的《满江红》可与之媲美外，在中国上下五千年的文人堆里，再难找出第二首这样有金戈之声的力作。虽然杜甫也写过"射人先射马，擒贼先擒王"，军旅诗人王昌龄也写过"欲将轻骑逐，大雪满弓刀"，但这些都是旁观式的想象、抒发和描述，哪一个诗人曾有他这样亲身在刀刃剑尖上滚过来的经历？"列舰层楼""投鞭飞渡""剑指三秦""西风塞马"，他的诗词简直是一部军事辞典。他本来是以身许国，准备血洒大漠，马革裹尸的。但是南渡后他被迫脱离战场，再无用武之地。像屈原那样仰问苍天，像共工那样怒撞不周，他临江水，望长安，登危楼，拍栏杆，只能热泪横流。

楚天千里清秋，水随天去秋无际。遥岑远目，献愁供恨，玉簪螺髻。落日楼头，断鸿声里，江南游子，把吴钩看了，栏杆拍遍，无人会，登临意。

《水龙吟》

谁能懂得他这个游子，实际上是亡国浪子的悲愤之心呢？这是他登临建康城赏心亭时所作。此亭遥对古秦淮河，是历代文人墨客赏心雅兴之所，但辛弃疾在这里发出的却是一声悲怆的呼喊。他痛拍栏杆时一定想起过当年的拍刀催马，驰骋沙场，但今天空有一身力，一腔志，又能向何处使呢？我曾专门到南京寻找过这个辛公拍栏杆处，但人去楼毁，早已了无痕迹，唯有江水悠悠，似词人的长叹，东流不息。

辛词比其他文人更深一层的不同，是他的词不是用墨来写，而是蘸着血和泪涂抹而成的。我们今天读其词，总是清清楚楚地听到一个爱国臣子，一遍一遍地哭诉，一次一次地表白，总忘不了他那在夕阳中扶栏远眺、望眼欲穿的形象。

辛弃疾南归后为什么这样不为朝廷喜欢呢？他在一首《戒酒》的戏作中说：怨无大小，生于所爱；物无美恶，过则成灾。这首小品正好刻画出他的政治苦闷。他因爱国而生怨，因尽职而招灾。他太爱国家、爱百姓、爱朝廷了。但是朝廷怕他，烦他，忌用他。他作为南宋臣民共生活了40年，倒有近20年的时间被闲置一旁，而在断断续续被使用的 20 多年间又有 37 次频繁调动。但是，每当他得到一次效力的机会，就特别认真，特别执着地去工作。本来有碗饭吃便不该再多事，可是那颗炽热的爱国心烧得他浑身发热。40 年间无论在何地何时任何职，甚至赋闲期间，他都不停地上书，不停地唠叨，一有机会还要真抓实干，练兵、筹款、整饬政务，时刻摆出一副要冲上前线的样子。你想这能不让主和苟安的朝廷心烦？

　　他任湖南安抚使，这本是一个地方行政长官，他却在任上创办了一支 2500 人的"飞虎军"，铁甲烈马，威风凛凛，雄镇江南。建军之初，造营房，恰逢连日阴雨，无法烧制屋瓦。他就令长沙市民，每户送瓦 20 片，立付现银，两日内便全部筹足。其施政的干练作风可见一斑。后来他到福建任地方官，又在那里招兵买马。闽南与漠北相隔何远，但还是隔不断他的忧民情、复国志。他这个书生，这个工作狂，实在太过了，"过则成灾"，终于惹来了许多的诽谤，甚至说他独裁、犯上。皇帝对他也就时用时弃。国有危难时招来用几天，朝有谗言，又弃而闲几年，这就是他的基本生活节奏，也是他一生最大的悲剧。别看他饱读诗书，在词中到处用典，甚至被后人讥为"掉书袋"。但他至死也没有弄懂南宋小朝廷为什么只图苟安而不愿去收复失地。

辛弃疾名弃疾，但他那从小使枪舞剑、壮如铁塔的五尺身躯，何尝有什么疾病？他只有一块心病，金瓯缺，月未圆，山河碎，心不安。

> 郁孤台下清江水，中间多少行人泪。西北望长安，可怜无数山。青山遮不住，毕竟东流去。江晚正愁余，山深闻鹧鸪。

这是我们在中学课本里就读过的那首著名的《菩萨蛮》。他得的是心郁之病啊。他甚至自嘲自己的姓氏：

> 烈日秋霜，忠肝义胆，千载家谱。得姓何年，细参辛字，一笑君听取。艰辛做就，悲辛滋味，总是辛酸辛苦。更十分，向人辛辣，椒桂捣残堪吐。世间应有，芳甘浓美，不到吾家门户。
>
> 《永遇乐》

你看"艰辛""酸辛""悲辛""辛辣"，真是五内俱焚。世上许多甜美之事，顺达之志，怎么总轮不到他呢？他要不就是被闲置，要不就是走马灯似的被调动。1179年，他从湖北调湖南，同僚为他送行时他心情难平，终于以极委婉的口气叹出了自己政治的失意。这便是那首著名的《摸鱼儿》：

> 更能消几番风雨，匆匆春又归去。惜春长，怕花开早，何况落红无数。春且住，见说道，天涯芳草无归路。怨春不语。算只有殷勤，画檐蛛网，尽日惹飞絮。
>
> 长门事，准拟佳期又误。蛾眉曾有人妒。千金纵买相如赋，脉脉此情谁诉？君莫舞，君不见，玉环飞燕皆尘土。闲愁最苦。休去倚危栏，斜阳正在，烟柳断肠处。

据说宋孝宗看到这首词后很不高兴。梁启超评曰："回肠荡气，至于此极，前无古人，后无来者。""长门事",是指汉武帝的陈皇后遭忌被打入长门宫里。辛以此典相比,一片忠心、痴情和着那许多辛酸、辛苦、辛辣,真是打翻了五味坛子。今天我们读时,每一个字都让人一惊,直让你觉得就是一滴血,或者是一行泪。确实,古来文人的惜春之作,多得可以堆成一座纸山。但有哪一首,能这样委婉而又悲愤地将春色化入政治,诠释政治呢?美人相思也是旧文人写滥了的题材,有哪一首能这样深刻贴切地寓意国事,评论正邪,抒发忧愤呢?

但是南宋朝廷毕竟是将他闲置了20年。20年的时间让他脱离政界,只许旁观,不得插手,也不得插嘴。辛在他的词中自我解嘲道:"君恩重,且教种芙蓉!"这有点像宋仁宗说柳永:"且去浅斟低唱,何要浮名?"柳永倒是真的去浅斟低唱了,结果唱出一个纯粹的词人艺术家。辛与柳不同,你想,他是一个大碗喝酒、大块吃肉、痛拍栏杆、大声议政的人。报国无门,他便到赣东北修了一座带湖别墅,咀嚼自己的寂寞。

带湖吾甚爱,千丈翠奁开。先生杖履无

事，一日走千回。凡我同盟鸥鹭，今日既盟之后，来往莫相猜。白鹤在何处，尝试与谐来。

破青萍，排翠藻，立苍苔。窥鱼笑汝痴计，不解举吾杯。废沼荒丘畴昔，明月清风此夜，人世几欢哀。东岸绿荫少，杨柳更须栽。

《水调歌头》

这回可真的应了他的号："稼轩"，要回乡种地了。一个正当壮年又阅历丰富、胸怀大志的政治家，却每天在山坡和水边踱步，与百姓聊一聊农桑收成之类的闲话，再对着飞鸟游鱼自言自语一番，真是"闲愁最苦"，"脉脉此情谁诉"？

说到辛弃疾的笔力多深，是刀刻也罢，血写也罢，其实他的追求从来不是要做一个词人。郭沫若说陈毅："将军本色是诗人。"辛弃疾这个人，词人本色是武人，武人本色是政人。他的词是在政治的大磨盘间磨出来的豆浆汁液。他由武而文，又由文而政，始终在出世与入世间矛盾，在被用或被弃中受煎熬。作为封建知识分子，对待政治，他不像陶渊明那样浅尝辄止，便再不染政；也不像白居易那样长期在任，亦政亦文。对国家民族他有一颗放不下、关不住、比天大、比火热的心；他有一身早炼就、憋不住、使不完的劲。他不计较"五斗米折腰"，也不怕谗言倾盆。所以随时局起伏，他就大忙大闲，大起大落，大进大退。稍有政绩，便招谤而被弃；国有危难，又应招而任用。他亲自组练过军队，上书过《美芹十论》这样著名的治国方略。他是贾谊、诸葛亮、范仲淹一类的时刻忧心如焚的政治家。他像一块铁，时而被烧红锤打，时而又被扔到冷水中淬火。有人说他是豪放派，继承了苏东坡，但苏的豪放仅止于"大江东去"，山水之阔。苏正当北宋太平盛世，还没有民族仇、复国志来炼其词魂，也没有胡尘飞、金戈鸣来壮其词威。真正的诗人只有被政治大事（**包括社会、民族、军事等矛盾**）所挤压、扭曲、拧绞、烧炼、锤打时才可能得到合乎历史潮流的感悟，才可能成为正义的化身。诗歌，也只有在政治之风的鼓荡下，才能飞翔，才能燃烧，才能炸响，才能振聋发聩。学诗功夫在诗外，诗歌之效在诗外。我们承认艺术本身的魅力，更承认艺术加上思想的爆发力。

有人说辛词其实也是婉约派，多情细腻处不亚于柳永、李清照。

> 近来愁似天来大，谁解相怜？谁解相怜？又把愁来做个天。都将今古无穷事，放在愁边。放在愁边，却自移家向酒泉。
>
> 《丑奴儿》
>
> 少年不识愁滋味，爱上层楼。爱上层楼，为赋新词强说愁。而今识尽愁滋味，欲说还休。欲说还休，却道天凉好个秋。
>
> 《丑奴儿》

柳李的多情多愁仅止于"执手相看泪眼""梧桐更兼细雨"，而辛词中的婉约言愁之笔，于淡淡的艺术美感中，却含有深沉的政治与生活哲理。真正的诗人，最善以常人之心言大情大理，能于无声处炸响惊雷。

我常想，要是为辛弃疾造像，最贴切的题目就是"把栏杆拍遍"。他一生大都是在被抛弃的感叹与无奈中度过的。当权者不使为官，却为他准备了锤炼思想和艺术的反面环境。他被九蒸九晒，水煮油炸，千锤百炼。历史的风云，民族的仇恨，正与邪的搏击，爱与恨的纠缠，知识的积累，感情的浇铸，艺术的升华，文字的锤打，这一切都在他的胸中、他的脑海，翻腾、激荡，如地壳内岩浆的滚动鼓胀，冲击积聚。既然这股能量一不能化作刀枪之力，二不能化作施政之策，便只有一股脑地注入诗词，化作诗词。他并不想当词人，但武途政路不通，历史歪打正着地把他逼向了词人之道。终于他被修炼得连叹一口气，也是一首好词了。说到底，才能和思想是一个人的立身之本。像石缝里的一棵小树，虽然被扭曲、挤压，成不了旗杆，却也可成一条遒劲的龙头拐杖，别是一种价值。但这前提，你必须是一棵树，而不是一棵草。从"沙场秋点兵"到"天凉好个秋"；从决心为国弃疾去病，到最后掰开嚼碎，识得辛字含义，再到自号"稼轩"，同盟鸥鹭，辛弃疾走过了一个爱国志士、爱国诗人的成熟过程。诗，是随便什么人就可以写的吗？诗人，能在历史上留下名的诗人，是随便什么人都可以当的吗？"一将功成万骨枯"，一员武将的故事，还要多少持刀舞剑者的鲜血才能写成。那么，有思想光芒而又有艺术魅力的诗人呢？他的成名，要有时代的运动，像地球大板块的冲撞那样，他时而被夹其间感受折磨，时而又被甩在一旁被迫冷静思考。所以积三百年北宋南宋之动荡，才产生了一个辛弃疾。

汤显祖与莎士比亚：同途异运两文豪

王龙

最好的时代，最坏的时代……这两位千秋辉映、雄峙中西的文豪巨匠，虽然都为各自民族留下了难以逾越的文化丰碑，但他们生前所经历的荣辱悲欢，却演绎出不同的人生况味，映射出两个不同社会的国运浮沉、时代缩影，令人感叹唏嘘。

400 多年前，当位于英国伦敦的环球剧场正在上演莎翁戏剧《仲夏夜之梦》时，东方庙会的戏台上也在演出汤显祖的传奇剧《牡丹亭》。"东西曲坛伟人，同出其时，亦一奇也。"早在 1930 年，日本戏曲史家青木正儿在他的《中国近世戏曲史》中，就第一次把汤显祖与莎士比亚相提并论。然而，这两位千秋辉映、雄峙中西的文豪巨匠，虽然都为各自民族留下了难以逾越的文化丰碑，但他们生前所经历的荣辱悲欢，却演绎出不同的人生况味，映射出两个不同社会的国运浮沉、时代缩影，令人感叹唏嘘。

悲喜殊途的命运归宿

翻开历史的年谱，对于汤显祖和莎士比亚来说，

1596 年都是一个悲欣交集的命运转折之年。

　　1596 年 10 月，莎士比亚终于获得了极为珍贵的乡绅称号和纹章，这满足了他父亲大半辈子的梦想，全家激动万分。被授予的家徽是一面金色之盾，图案是鹰和银色长枪的组合，这暗示了莎士比亚家族的姓氏原意——"用枪震撼"。在命运之神的眷顾下，莎士比亚最终不是用枪而是用笔震撼了舞台。

　　莎士比亚终其一生都与最高权力集团如影随形，密不可分。与他同时代的作家大都陷入当时的重大纷争，本·琼生成了天主教徒，进了监狱；克里斯托弗·马洛与新教徒的侦探纠缠不清，简直为此耗尽了生命；只有莎士比亚独善其身，巧妙地避开所有风险，总能在复杂的旋涡中全身而退，最终名利双收。

　　同年在遥远的东方，47 岁的汤显祖对官场心如死灰，在写给朋友的诗中明确表示他现在是以官为隐，对政事多不关心。其时，他除了寄情山水，以诗酒自娱，便全力以赴创作心血之作《牡丹亭》。在这部代表作中，虽然重点描写的是杜丽娘与柳梦梅的爱情故事，但汤显祖假托宋高宗赵构的所作所为，在剧中强烈影射皇帝朱翊钧，将一个不辨贤愚、穷奢极欲的昏君形象和盘托出。汤显祖对于皇权的孤愤决绝之情，尽藏于《牡丹亭》那个意味深长的结尾——

在传统中国戏曲中，人世间不管再复杂曲折的事情，只要皇帝下诏，一切迎刃而解。而在《牡丹亭》的结尾中，皇帝的权威居然如此不堪，先是丽娘之父杜宝"抗皇宣骂救封"，拷打"御笔亲标第一红"的状元柳梦梅，见了使臣苗舜宾还不肯住手；继而当众人在朝堂上争辩、对证之后，皇帝传旨："父子夫妻相认，归第成亲。"谁知当事双方都不买账，在午门外吵得不可开交。老黄门陈最良抬出皇帝老子："朝门之下，人钦鬼伏之所，谁敢不从！"还是没有用。结果，皇帝又二次下旨："据奏奇异，救赐团圆。"柳梦梅和杜宝仍互不理睬……

皇帝的金口玉言成了汤显祖笔下嬉笑怒骂的调料摆设，这绝非偶然，而是隐藏着他和明神宗朱诩钧在情感上的彻底决裂。万历二十五年（1597 年）春，他在辞官前一年写下《感官籍赋》，更大胆喊出了："天其平也不平，人则不一也而一。不平谓何，有一有多。"文中用一连串的事实对比，写尽了宦海辛酸、官场内幕。

与穷愁坎坷的汤显祖相比，莎士比亚的一生显然顺畅得多。仅从莎士比亚惊人的收入也可看出他事业上如何一帆风顺：1597 年，他付款 60 镑，在家乡购置房产，俨然是当地最阔气的一座住宅；1602 年又出资 320 镑，购得故乡 107 英亩耕田，20 英亩牧场；他去世前立下遗嘱，除了不动产，由继承人分配的现金，约达 350 镑。

1592 年，年仅 28 岁的莎士比亚创作完成历史剧《亨利六世》，并在伦敦著名的玫瑰剧场上演。《亨利六世》一鸣惊人，莎士比亚一举成名。又过几年，他的杰作《亨利四世》在伦敦舞台上取得空前成功，当时有一首短诗记述演出盛况："只消福斯塔夫一出场，整个剧场挤满了人，再没你容身的地方。"莎士比亚所在的剧团在伦敦演艺界举足轻重——它能一次吸引 3000 名观众到剧院看戏，而当时整个伦敦的人口也不过 20 万。

莎士比亚的一生与上流社会和宫廷权贵有着不解之缘，并直接从中得到诸多照顾和好处。他所在的"宫廷大臣剧团"多次被女王召入宫廷演出，他在《亨利四世》中塑造的大胖子骑士福斯塔夫深受女王喜爱。在《亨利五世》中福斯塔夫死了，女王觉得十分惋惜，莎士比亚于是专门赶写了《温莎的风流娘儿们》这部戏，让这个快乐的老流氓重新复活并恋爱，博得了女王的欢心。

另一个对莎士比亚命运产生决定性影响的人物，是伊丽莎白时代位高权重的南安普敦伯爵。莎士比亚初出茅庐时，还只是剧院里一个默默无闻的小角色。伯爵是个戏迷，一次偶然的机会发现了在台上当小配角的他。伯爵被莎士比亚身上某些特殊的东西深深吸引住了。从此，莎士比亚成了伯爵家的常客，走进了贵族的文化沙龙。借助伯爵的关系，莎士比亚对上流社会有了贴近观察了解的机会，扩大了生活视野，为日后的创作提供了丰富的源泉。

正是在南安普敦伯爵的直接帮助关照下，莎士比亚才最终获得了乡绅称号和纹章，圆了振兴家族的梦想。相反，汤显祖空有"显祖"之名，却从未能真正光宗耀祖。岂止未曾显贵，纵观汤显祖的一生命运，可谓悲苦不堪。他的三个妻子先后为他生养了七个女儿、五个儿子。然而在他弃官前后，共有五个子女相继死去，曾经在短短三年内连折三儿。这对渐趋老境的汤显祖来说实

在是"如割""如锥"。尤其是长子英年玉树先折，51
岁的汤显祖不堪其苦，其所作七绝悼亡之诗，至今读来
仍令人九曲肠回："从来亢壮少情亲，宦不成游家累贫。
头白向蓬遴又死，阿爹真是可怜人。"

"宦不成游家累贫"，这既是怀念亡子，又何尝不是
汤显祖的泣血自况？仕途之艰辛，家运之不昌，使汤显
祖倍觉衰疲，甚至于出世思想日深，此前便以"清远道
人"为号的汤显祖，后来干脆以"若士"为号，似乎只
差一步就遁入空门了。

莎士比亚长袖善舞，
还是汤显祖过于孤高傲世？

对比汤显祖与莎士比亚的命运，到底是莎士比亚长
袖善舞，还是汤显祖过于孤高傲世？到底是他们的性情
使然，还是时代大势所定？

今天许多研究者都认为，汤显祖青年时代不愿攀附
权贵，得罪了重臣张居正，才落得命运多舛的结局。这
一被反复提及的事件发生于万历五年（1577年），汤显

祖和沈懋学一起前往北京参加会试。这时宰相张居正想让他的儿子考试及第，便物色海内名士，以作为陪衬。听说汤显祖、沈懋学的名声，便有意拉拢。这是平凡之辈可望而不可得的机会，汤显祖却不愿受笼络，婉言谢绝。而沈懋学则欣然与张居正之子交游，并高中状元，张居正之子名列其次为榜眼。到下一次会试之前，张的第三个儿子张懋修又想结交汤显祖，汤再次辞却，结果又一次落第，而张懋修却名列榜首。汤显祖回家后心烦意闷，"只有清夜秉烛而游，白日见人欲睡"，实际上是倾泄怀才不遇的牢骚，自言"不敢从处女子失身也"，甚至辛辣地嘲笑"状元能值几文来！"这其中究竟是超脱还是无奈，也许只有他本人知道。

汤显祖到底是出世还是入世呢？其实大可不必固执于非此即彼的认识。汤显祖的一生是矛盾的。唯其矛盾，才显真实。当我们对自号"茧翁"的汤显祖抽丝剥茧，观照他数次蜕脱的痛楚，就会明白汤显祖并不比莎士比亚清高孤傲多少，其实他的忠君思想有一个从愚忠到忠谏，由忠谏到不满，由不满到讽刺的演变过程。

作为专制社会的一员臣民，汤显祖不可能脱离千年传统的土壤。从十几岁直到34岁考取进士，步入政界，他其实一直都盲目忠君，即所谓"愚忠"。他17岁时，明世宗适60岁，汤显祖特作了一首题为《明河咏》的诗为皇帝颂寿。年底，皇帝死了，汤显祖又写下《丙寅哭大行皇帝》一诗，对嘉靖顶礼膜拜，视若神明。后来在他的诗作中，颂扬皇帝为"天王""舜帝"之类的字眼也层出不穷。甚至于万历六年，神宗朱诩钧立王氏为皇后，汤显祖也诚惶诚恐地写了一首诗，盛赞"乾坤泰合青阳仲，日月光调璧景双"。

汤显祖考中进士后，作为一位"俊气万人"的有志青年，自然对前途有过浪漫幻想。那时，他把政治理想的实现看得过于简单。他37岁时，写了一首诗《三十七》："历落在世事，慷慨趋王术。神州虽大局，数着亦可毕。了此足高谢，别有烟霞质。"他和历史上所有才华满腹的士人一样，踌躇满志地认为辅佐皇帝安定天下，几招就能解决问题，然后潇洒地"事了拂衣去，莫问老夫名"，入深山做隐士。谁知等待着他的却是失望和碰壁。他自诩"颇有区区之略，可以变化天下"，朝廷却视他如敝屣。他在北京礼部"观政"了一年多，还未得到任何正式任命，最后不得不婉转求人，"乞南部闲郎"，才得了个"南京太常寺博士"七品小官，去石头城吃闲饭。

虽然太常寺的工作清闲，但是汤显祖却怎么也闲不下来。万历十九年（1591年），好不容易熬到南京礼部祭司主簿的汤显祖，却因一道不合时宜的奏疏遭受重大打击。这年三月，彗星出现在大西北天际。朝廷把这一天象视为上天的警告，皇帝下诏令群臣修德反省。汤显祖读到上谕大为振奋，不顾自身官职低微，错把皇帝虚伪的官样文章看作是发愤图治的号召，大胆指责朝政弊病，上了一道历史上有名的《论辅臣科臣疏》，在奏疏中他慷慨激昂直指时弊，万历皇帝即位以来，"前十年之政，张居正刚而有欲，以群私人嚣然坏之；后十年之政，（中）时行柔而有欲，又以群私人靡然坏之"。奏章如同晴天霹雳，震动朝廷，引得权相记恨，皇上动怒。万历皇帝的脸面挂不住了，下诏切责汤显祖。汤即被降为广东徐闻县典史。

自此，汤显祖的政治生命基本宣告结束。后来他虽在徐闻、遂昌任上皆做出了政绩，但看破世事的汤显祖已归意彷徨，出世思想日深了。万历二十六年（1598年），他向吏部告归，挂冠而去，从此绝意于"长安道上逐禄人"的行列。

多年的宦海浮沉，虽说不上波谲云诡，也让汤显祖领略了个中三昧。他注定要被腐朽的专制王朝放逐于社会边缘，而他却义无反顾地将自己献上精神的祭坛。汤显祖在给友人的信中，曾这样概括过自己一生："学道无成，而学为文。学文无成，而学诗赋。学诗无成，而学小词。学小词无成，且转而学道。"汤显祖青年时期向理学家罗汝芳学过道，中年向和尚达观学过佛。虽然他既未入空门，也没有成为理学家，但他对"道"的追求是贯穿一生的。同时，他在寻求能够适应自己性情、施展人生抱负的事业。当他最后"学小词无成转而学道"时，这个"道"已不同于一般人所理解的道学，而是他自己所总结归纳出的"情学"，而最能表达"情学"大旨的就是戏曲。

最好的时代，最坏的时代

对于生活在晚明末世，不愿同流合污的汤显祖而言，最终寄情于戏曲创作，不失为一种理想的生存方式。在一个只容许奴隶立身的王朝，如果谁幻想"站着就把官做了"，岂非缘木求鱼？在君权至上的社会里，任何人的实际价值都是由最高皇权决定的。"学成文武艺，货于帝王家"，你这"文武艺"价值几何，不取决于自身本事高低，乃在于帝王是否识你的"货"，说白了，就是取决于大大小小的"皇帝们"的好恶。连孔子当年都自称"我待贾者也"，四处游说列国，也没能"推销"掉自己。

汤显祖既希望在政治舞台上建功立业，同时又极度鄙视那些潜身缩首、逢迎求官的人，试图坚持为民请命的社会良心；理想与现实的冲突，使悲剧的结尾成为必然。要知道，汤显祖生活的明代嘉靖至万历年间，皇帝昏庸，宦官乱政，朝纲败坏，贪官横行。历史上著名的"海瑞上疏"骂皇帝、奸臣严嵩父子乱政的故事均出现在嘉靖时期。万历帝在位48年，亲政38年，却把自己关在深宫，沉迷于丹炉的熏染之中，25 年不见人面。将国运兴衰系于这样的"九重之尊"身上，国势民情也便大体可知了。在专制政体之下，假道学甚嚣尘上，个性横遭扼杀，偌大的朱明帝国，竟然容纳不下一个敢倡"异端"的思想家、文学家李贽。封建卫道者们给李贽扣上"敢倡乱道、惑世诬民"的罪名，将他逼死狱中。汤显祖与李贽多年神交，这件事对他的影响不可估量。

生活在那个时代的汤显祖，耳闻目睹这些惨剧怪事，身上渐次形成的文化个性、反叛精神，就无可避免地要与命运安排给他的羁绊作搏斗。时代毁灭人，也造就人。汤显祖一生的矛盾和苦闷在于入世与出世间的无奈，文章名世与大道践履的抉择两难，以及在情与理之间的痛苦徘徊。在经历了强烈的济世情怀与无奈的仕途抵牾之后，他终于选择了一条正确的人生之路。大明朝虽然少了一个好官，戏曲史的星空中却从此升起了一颗耀眼的巨星，这真是中国戏曲史乃至世界戏曲史之大幸。

用运载火箭发射航天器，不是任何时候都可以进行，由于工作条件和气象限制，必须在特定适合的时段内才能发射。这种允许发射的时间范围，叫作"发射窗口"。发射窗口十分难得，有时稍纵即逝。莎士比亚和汤显祖的命运区别，就在于他们的激情和才华是否遇到这样一个千年难遇的"发射窗口"。在莎士比亚的时代之前，英国有着严格的书籍和戏剧审查制度，还有血腥恐怖的"星室法院"，以言犯禁者可被处以酷刑。到了伊丽莎白女王时代，宽容的施政理念使她对自己的政敌都尽量减少杀戮，以避免社会动荡。而对于天才作家莎士比亚的宽容与赏识，更是有目共睹。如果莎士比亚晚生几十年的话，不幸碰上了英国资产阶级大革命，我们也许只能在断头台上听他朗诵那伟大的作品了——克伦威尔掌权后发布的第一个命令就是关闭伦敦所有剧场。在那个砍头好比风吹帽的年头，连查理一世的头都被砍了下来，莎士比亚那颗脑袋能不能保住就很难说了。

莎士比亚遭遇的一次意外惊险，最能说明那个时代的包容。1601 年，一伙神秘的顾客来到伦敦最豪华的剧院，他们开出高价，指定剧团在某一天重新上演《理查三世》这部戏剧。当演员们演到废黜国王那一幕时，叛乱在伦敦城发生了，这就是埃塞克斯伯爵叛乱案。原来，伯爵和他的同伙在策划叛乱时约定，以剧中废黜国王的一幕作为发动叛乱的信号，可怜的演员们不幸被卷入了叛乱中。不过，叛乱被平定以后，无论《理查三世》的作者还是演员和剧团，没有任何人因为撰写和演出这部戏剧受到任何惩罚。

莎士比亚实属幸运，他生活在以宽容之道治国的伊丽莎白时代。这是英国历史上最伟大的时代之一。女王高度的政治智慧和包容之心，泽及文学艺术，特别是她对戏剧的扶持。伊丽莎白之后继位的詹姆士六世也一样酷爱戏剧，登基仅两个月，就把莎士比亚和他的剧团揽进自己亲自庇护的班底，并改名为响当当的"国王供奉剧团"。莎士比亚和剧团演员都成为宫廷侍卫，配有猩红色的皇家制服，授予荣誉头衔。从此，国王供奉剧团的宫廷演出每年超过 20 场，演员们的收入剧增，莎士比亚也有了相当不菲的报酬。

当时，莎士比亚创作的历史剧大多以揭露宫廷黑幕为主题，许多君王在剧中都是反面人物，观众很容易对号入座引起联想。伊丽莎白当然知道这一点。当莎士比亚的《理查三世》上演时，强悍狡诈的理查对自己有一段"自画像"式的独白：

> 我有本领装出笑容，一面笑着，一面动
> 手杀人；我对着使我痛心的事情，口里却连说
> "满意满意"；我能用虚伪的眼泪沾湿我的面
> 颊，我在任何不同的场合都能扮出一副虚假的
> 嘴脸……连那杀人不眨眼的阴谋家也要向我学
> 习。我有这样的本领，难道一顶王冠还不能弄
> 到手吗？

伊丽莎白担心剧情会使观众联想到她本人，因为
剧中篡夺理查三世王位的正是她的祖父亨利七世。但是
女王并没有将作者投入监狱或者禁演这部戏，她仅仅对
大臣们埋怨说："这部悲剧在剧场和剧院里已经演出 40
次了。"

1601 年，莎士比亚的新剧《哈姆雷特》在伦敦上
演——"脆弱啊，你的名字是女人！"当扮演哈姆雷特
的演员在舞台上说出莎士比亚的这句名言时，舞台对面
的包厢里就坐着伊丽莎白女王。她若无其事地看戏，没

有表现出一丝不快。

铁屋中的呐喊，太阳下的宣言

16 世纪，汤显祖和莎士比亚所处的社会有着相似的政治、经济和思想背景。两人所处的社会都被压制人性、贬低人性的思想所束缚，经过进步人士的不懈努力，充满人文主义气息的新思想冲破传统，使人性得到解放。相似的社会根源，使得两者有着相似的文学创作思想倾向。汤显祖和莎士比亚虽然相隔万里，但他们都处在"东西方的文艺复兴"时期，他们都深受人文关怀思潮的影响，所以在作品中都热情呼唤和赞颂人间的真情、真爱，也塑造了很多"至情""痴情"的人物形象。他们的作品处处充斥着情与理、灵与欲的矛盾和斗争，充满着对人性的寻找与发现。汤显祖和莎士比亚，一个在东方没落的王朝中长夜独行，一个在西方的温柔富贵乡中孜孜思索，他们最终都没有失去独有的犀利和深刻。

但由于东西方社会文化背景的不同，莎士比亚和汤显祖的结局又迥然有别。

　　莎士比亚所处的时代，是专制制度开始瓦解、新兴的资产阶级开始上升的大转折时代。在文艺复兴这片沃土上，莎士比亚尽情呼吸着自由新鲜的空气。人文主义思潮激发了要求个性解放、享受生活的时代巨潮，人性取代了神性，人道主义取代了神道主义，号召人们理直气壮地用世间的幸福去取代天国的理想，而不要为了一个虚无缥缈的理想放弃现世的享乐。文艺复兴的年代里，艺术家心里充满世俗快乐色彩。莎士比亚选择一个故事的时候，也许仅仅是觉得这个故事有趣而会动笔，他为大众写作，也为市场写作。《亨利四世》创造了一个不朽的喜剧人物福斯塔夫。福斯塔夫是一个年过五十的破落骑士，一个好吹牛的懦夫，一个贪婪的冒险家。他是流氓头子，善于见风使舵、浑水摸鱼。他否认任何道德，既无良心也无怜悯，平生第一快事就是以粗鲁低级的方式向女子献殷勤。他生性幽默，所言所行妙趣横生，笑料百出。福斯塔夫作为一个活在老百姓身边，为老百姓喜闻乐见的人物，成为莎士比亚笔下最成功的喜剧形象之一。

动荡不安的欧洲大陆，摇摇欲坠的封建统治，尖锐对立的社会矛盾，频繁的人民骚动，西班牙入侵的危险……这一时期波澜壮阔的历史画卷便是莎士比亚创作的背景。莎士比亚以杰出的才华把握这个大变革时代，揭露封建制度的冷酷无情，主张实行资产阶级开明君主的专制制度，赞美现实生活，肯定人的力量和价值，以杰出的作品提升了英国的人文主义思想。

而汤显祖经历了痛苦彷徨的求索，也很难真正找到一条出路：在他身上，体现出一个走在时代前列的觉醒者无路可走时的悲茫无依和无可奈何：汤显祖早年写过一篇寓言性的《嗤彪赋》，描述了一只老虎因贪口而陷入道士设下的陷阱，慢慢地失去了往日山中之王的雄风，成了任人摆布的玩物，最终由"大虫"变成"小畜"。这篇赋象征着一个独立的人失去自由的过程，表达了汤显祖对专制社会异化环境的深刻感触。一个独立的人，一旦走上仕宦之路，就会失去作为个体的独立存在价值，变成没有自觉意识、被人愚弄还要感恩戴德的奴才。汤显祖对此无比悲愤，在赋末这样表示了自己的态度："谅如此而久生，固不如即死之麒麟。"

在他后来创作的《邯郸记》中，人与异化环境的冲突已不是局部的了，抨击的对象已经是整个专制社会。汤显祖通过剧中主角卢生一生大起大落、大悲大欢的命运变化，把专制社会的黑暗、荒唐、腐朽揭示得淋漓尽致。在这个"朝承恩，暮赐死"的体制下，任何荒谬的事都会发生，人只是玩偶和奴隶。《邯郸记》展示的是一幅血淋淋的异化现实图景，在这个荒谬世界中，人生可悲而又可怜。

汤显祖通过心灵的深刻反省超越，从而获得精神上的自由，但即使能够改变主观内心，却无法改变坚硬如铁的现实环境。在现实中，这种精神自由没有着落，成为无根的浮萍。对此，汤显祖似乎也早就感受到了。他在《邯郸记》中，虽然让卢生梦醒后向道教仙境皈依，但在剧末还是发出了"还怕今日遇仙也是梦哩……毕竟游仙梦稳"的疑问与慨叹，这是没有自信、无可奈何的心理表现。

于是我们最终看到，莎士比亚自豪地站在 16 世纪的思想高度，把掩藏在历史深处的人性挖掘出来，抛到人们面前，大声说："看吧，我的朋友们！人类不是按照我的规格创造的，我所能做的一切就是把他们真实的样子展示给你们看。"而汤显祖所处的中国，仍然是一个闭关自守的老大帝国。日益腐化的中央集权变本加厉，壅塞民智。资产阶级启蒙思想的萌芽走不出书本，在专制的贫瘠瘦土上始终未能生根开花。汤显祖只能默默用无处不在的梦，去倾诉一个时代的谜；用掩耳盗铃似的悲剧人物，去讲述一个时代的大悲剧；用自我解嘲，去嘲讽整个社会。那铁屋中的真理亮光，就闪烁在真中有幻、寂处有音、冷处有神、味外有味的字里行间；一个伟大的天才没有知音。是汤显祖的悲哀，更是一个时代的悲哀。

纳兰性德的忧郁人生

押沙龙

富贵是个很奇怪的东西，大多数富贵的人多少都难免有点志得意满的骄横，但也有一类天性温良的人，如果他们生于贫贱，也许不免会沾染上一些世俗的东西，但正因为他们生于富贵，所以才保持住了一份天真的赤子之心。

家家争唱《饮水词》，
纳兰心事几人知？

清代笔记《能静居日记》里有一个记载，和珅将《红楼梦》进呈给乾隆阅览，乾隆读后说："这本书写的就是明珠家的事。"后来在红学索隐者中，曾有很大的一个流派断言"明珠家事说"。如果按照这个说法，贾宝玉的原型就是明珠的长子纳兰容若。

除了曹植以外，纳兰容若可能是整个文学史上最有名的贵公子。他的词作曾一度被人忽略，但在道光年间又再度流行，推尊为一代大家。然后他的声望越来越大，二十世纪时已有人说他是清代第一词人。王国维在《人间词话》更推崇他说是"北宋以来，一人而已"。到了现代，在安意如、苏樱等人笔下，他更从词人而至文学明星，由文学明星而至玛丽苏们的偶像，飘飘然若不食人间烟火。这样一个才子，又英俊多金，又相门贵胄，如果他再是贾宝玉的原型，那就更凑趣了。

可惜他不是。"明珠家事说"已经被红学考据彻底否定掉了。纳兰容若不是贾宝玉。而且即便没有那些考据，纳兰容若也不该是贾宝玉，虽然他们有些地方确实很像，比如他们都细腻、多感、阴柔、善良。可是他们性格有一点本质的不同。至少在被抄家之前，贾宝玉是个快乐的人。《红楼梦》是部悲伤的书，但贾宝玉是个快乐的人，喜欢热闹、享受生活，但是纳兰容若则似乎始终怀着一份忧郁。

翩翩相府佳公子，金堂玉马，轩车广厦，纳兰容若该是多少人羡慕的对象，但他却好像很少真正快乐过。

忆昔宿卫明光宫，
楞伽山人貌姣好

他生于公元 1655 年，名纳兰成德（后因避太子讳，一度改为纳兰性德），号楞伽山人，容若是他的字。他与康熙皇帝同年出生，论宗族则是叶赫那拉氏，跟慈禧太后属于一系。所谓纳兰，其实就是"那拉"二字的不同叫法。

纳兰容若的父亲是一代权臣明珠，极其精明狡狯，属于那种眼前飞过苍蝇都要辨个公母的人。在当时的满洲权贵里，明珠是最汉化的一个。他非常重视让孩子接受儒家文化教育。纳兰容若学得也快，如海绵吸水一般。这一点他跟贾宝玉也不同。贾宝玉有叛逆情绪，不愿意学四书五经，还经常私下发表一些反动言论。纳兰容若却是一个乖孩子，他一辈子也没有真正叛逆过。虽然他在灵性上更容易接受佛教，但他从没有真正质疑过儒家传统，也没有真正质疑过自己所处的社会。他只是觉得不舒服。在诗词的才情上，他胜贾宝玉十倍，在思想的勇气上，贾宝玉则远远胜过了他。纳兰容若属于满洲贵胄，按照惯例，他不需要参加科举也能找到仕进的路子。但科举毕竟是正途，以后进入官场跟人家说起来"下官是个进士"，也比"下官是个官二代"听着要好得多。所以明珠就一心想让孩子走科举之路。科举对纳兰来说也很容易。一方面这跟当时科举制度有关，清朝科举满汉待遇不同，纳兰本身就比汉族生员占便宜，何况他天生聪颖，结果十八岁就考上了顺天府举人。在二十二岁时，纳兰又考中了进士，二甲第七名，也就是全体考生中的第十名。

纳兰容若骨子里是文人，他就像所有传统文人一样，做过"一万年来谁著史？三千里外觅封侯"的功业梦。那一年，纳兰也雄心勃勃，一会儿想进翰林院，一会儿又想去参军平三藩打吴三桂，"平生纵有英雄血，无由一洒荆江水！"但是翰林院他也没去，英雄血他也没洒。考中进士等了几个月，一道圣旨下来，任命他为三等侍卫，入宫伴驾！

满洲贵族子弟当侍卫，也算是个传统。明珠就当过侍卫，纳兰容若的弟弟后来也当了侍卫。但问题是：要当侍卫，何必费这么大力气考什么进士？原来大家普遍推测他会进翰林院，这一来都大为吃惊。康熙一时心血来潮，就决定了纳兰的命运。从此他开始九年的侍卫生涯。这九年里，他护驾出巡，陪着皇帝狩猎、避暑、祭祀，"升殿则在帝左右，扈从则给事起居"。曹雪芹的祖父曹寅和他做过同事，还专门为他写过一首诗："忆昔宿卫明光宫，楞伽山人貌姣好。"

纳兰容若并不文弱，能骑马射箭，据说是"上马驰猎，拓弓做霹雳声，无不中"，就连小说《七剑下天山》里梁羽生也让他和"七剑"之一桂仲明对过一掌，所以干侍卫这行倒也不难。但问题在于纳兰容若不是《鹿鼎记》里的多隆，干侍卫这种工作完全违背他的天性，而且毫无成就感。

他像干苦役一样当着侍卫，一直到死也没能摆脱。而且皇帝还没有提拔他的意思。明珠在三十岁的时候就当了内务府大臣，纳兰的弟弟在二十多岁的时候就转行当了侍读，后来一直官运亨通。纳兰混了九年，只从三等侍卫混成了一等侍卫。康熙对他挺不错，得病的时候还嘘寒问暖送药，但就是不重用他。我觉得这里面透露出某些信息。康熙喜欢他，事实上几乎没有人不喜欢纳兰容若，但康熙似乎并不认为他是个做大臣的苗子。从纳兰容若的性格判断，也许康熙的眼光是对的。

九年里，纳兰干的最得意的一件事就是受命"觇梭龙诸羌"，到东北为康熙考察形势。这次谍报活动进行得很圆满，得到了皇帝表扬。很多人都议论说这次纳兰容若要大用了。谁知道最后还是毫无动静，纳兰还是接着干他的侍卫，整个事情无声无息地结束了，只留下了一首优美的词《长相思》：

山一程，水一程，身向榆关那畔行。夜深千帐灯。风一更，雪一更，聒碎乡心梦不成。故园无此声。

渌水亭主人

二十二岁那年是纳兰容若转折性的一年。在这一年，他中了进士，当了侍卫，还为自己最好的朋友顾贞观写了一首《金缕曲》。这首词在纳兰容若的作品里并不算第一流的，却轰动了京城，使纳兰声名大振。他借势出版了自己的第一首词集《侧帽集》，也即《秋水词》的前身。一夜之间，他成了北京城崛起的文化新星，而且他和其他文化新星不一样，他有钱。明珠为他修筑了一座渌水亭做会客之所，这里旁依清波，雕梁画栋，极其雅致，很快就成了当时最有名的文化沙龙。

各种文人雅士马上蜂拥而来。这里头固然也有本来就混得不错、有头有脸的人物，但更多的是落魄文人。翻一下这些才子的简历，往往当时都是"窘甚""贫甚""仅一布袍""生计无着""困顿"，现在他们就像尿急的人望见麦当劳，一头扎了进来。何况纳兰的父亲明珠是顶级权臣，要是攀上这个关系，马上就能飞黄腾达——用他们文雅的话来说，这就叫"涸鱼出水"，而且明珠似乎也有意通过儿子的关系网罗人才做心腹。

纳兰容若帮助过真正的"涸鱼"。顾贞观是纳兰一生中最重要的挚友，他有个朋友叫吴兆骞，因为被科场案牵连，受了不白之冤，流放到了东北宁古塔。一个江南文弱才子，在那地方实在是度日如年，而且能不能熬着活下来都是问题。顾贞观发誓一定要救他回来。他找到了纳兰容若，给他看了自己写给吴兆骞的词，也叫《金缕曲》，这首词是清代词中的经典：

> 季子平安否？便归来、平生万事，那堪回首！行路悠悠谁慰藉，母老家贫子幼。记不起、从前杯酒。魑魅搏人应见惯，总输他、覆

雨翻云手。冰与雪，周旋久。

泪痕莫滴牛衣透。数天涯、依然骨肉，几家能够？比似红颜多命薄，更不如今还有。只绝塞、苦寒难受。廿载包胥承一诺，盼乌头、马角终相救。置此札，君怀袖。

纳兰容若看了以后哭了。他说你不用说了，我一定会想办法救你的朋友。他带着顾贞观见父亲明珠。这个事情非常难办，因为那个科场案是朝廷重案，吴兆骞是在康熙那里都挂了号的。但顾贞观向明珠下跪求情，明珠总算勉强答应了。后来明珠父子二人费了不少周折，还花了很多钱，终于把吴兆骞弄回来了。但是吴兆骞不清楚其中的原委，顾贞观也没向他提这件事，他只知道是明珠救的自己，回京后居然因为小事和顾贞观闹翻，见人就痛骂顾贞观。等他到明珠府拜谢，明珠就领着他到一间屋子，指着墙上的一行题字给他看："顾梁汾为松陵才子吴汉槎屈膝处"。吴兆骞愣了片刻后，号啕大哭。

顾贞观是纳兰容若第一知己。也只有这样的人，才配得上纳兰的友谊。纳兰容若对友情极其看重，每次送别朋友离开的时候都非常难过。文人是不好相处的，自尊心还特别敏感，但在几乎所有文人的回忆里，纳兰都没有半点贵胄的架子，从没有过倚势凌人的时候。朋友在渌水亭里踞坐狂叫、谩骂世事，纳兰容若也只是静静听着，不以为忤。富贵是个很奇怪的东西，大多数富贵的人多少都难免有点志得意满的骄横，但也有一类天性温良的人，如果他们生于贫贱，也许不免会沾染上一些世俗的东西，但正因为他们生于富贵，所以才保持住了一份天真的赤子之心。

纳兰死后那些铺天盖地的伤痛怀念，也许只是文人痼习，不能全当真。但是在他死了多年以后，朋友聚会谈起他的时候，还有许多人失声痛哭。这样的哭声，比所有的文字更有说服力，更能证明被他们怀念的，是一个什么样的人。

此情已自成追忆

纳兰曾经有过一个梦中情人。这个人到底是谁，现在已不可考。有人说是他的侍女，后来出家了；有的说是他小姨子，后来嫁人了；有人说是他表妹，后来进宫做宫女了。甚至越说越奇，甚至说为了见表妹，纳兰容若化装成喇嘛，混进后宫云云，这些说法只能姑妄听之。但很明显，这个女子是纳兰爱过的第一个人，这是少年的青涩之爱，因为没有得到显得更加美好。为了这段感情，纳兰写下了伤感的词：

> 谢家庭院残更立，燕宿雕梁。月度银墙，不辨花丛那辨香？此情已自成追忆，零落鸳鸯。雨歇微凉，十一年前梦一场。

这可能是北宋之后写初恋的最好的词。但是这样的初恋更适合伤感的怀旧，让一个人缅怀自己错过了多么美好的事物。它并不会在生命中刻下真正破肉见骨的伤痕。

只有卢氏给他留下过这样的伤痕。纳兰容若二十岁的时候娶了卢氏。卢氏是两广总督的女儿，文化修养很不错，和纳兰容若感情非常好。纳兰甚至还为她破天荒地写了艳词。但是三年后，卢氏难产，母子俱亡。这一次打击对纳兰容若创巨痛深。他忽忽如狂，将妻子的灵柩停放在双林禅院，不时过去守着棺材陪灵。直到一年多之后，才在父亲坚持下给妻子下了葬。他反复回忆，反复咀嚼，写下了一首又一首回忆妻子的词。

> 谁念西风独自凉？萧萧黄叶闭疏窗，沉思往事立残阳。被酒莫惊春睡重，赌书消得泼茶香，当时只道是寻常。

每个句子看着都很平常，可是在苏轼的《江城子》之后，再没有人写过这么让人悲伤的悼亡词了。不过纳兰和苏轼存在着一个区别。苏轼是个豁达的人，他只在想起悲伤的时候才悲伤，而纳兰容若是个放不开的人，他会被悲伤淹没。但是生活还是要继续。纳兰续娶了一个妻子官氏。这是一场政治婚姻，官氏和他感情说不上有多不好，但也说不上有多好。他们的感情世界好像不太合拍，有点貌合神离。纳兰婚后还是一首接一首地写着悼念卢氏的词。他死后官氏很快就改嫁，在当时社会风气里也是反常的事情，这多少也暗示了两人的夫妻关系。

后来，他和一个叫沈宛的女人发生过短暂的恋情。沈宛是江南才女，写过一本词集《选梦词》，但她的身份相当模糊，据推测最有可能的是一名歌伎，就像柳如是、董小宛一样。这段恋情是顾贞观搭的桥，纳兰容若陪同康熙南巡的时候，和沈宛陷入热恋，同居在一起。后来又托顾贞观将沈宛带至北京。本来按纳兰容若的身份，娶位妾室也属正常，但当时规定满汉不通婚（汉军旗人不在汉人之列），明珠坚决不同意接纳沈宛。几个月后，纳兰容若屈服了，将沈宛送回江南。两人分手了。纳兰容若对此内疚不已，据说他最著名的那首词就是用沈宛的口气责备自己的：

> 人生若只如初见，何事秋风悲画扇。等闲变却故人心，却道故心人易变。骊山语罢清宵半，泪雨霖铃终不怨。何如薄幸锦衣郎，比翼连枝当日愿。

那一年，纳兰容若三十岁。在别人眼里看来，他是幸运的。他是内阁大学士的儿子，他是渌水亭的主人，他有妻室，有子女，有钱，有地位，有才名，而且即便康熙暂时没有重用他，按资历他也早晚会成为一位高官。但只有读过《秋水词》的人，才知道这个幸运儿的心里充斥着潮水一样的忧伤。这里有丧妻之痛，有失恋之哀，但又不仅是这样。纳兰容若更多的忧伤是无名的，是没有具体因由的，它背后是对整个世界的厌倦。他就像《麦田守望者》里的那个衣食无忧的霍尔顿，站在灯火辉煌的纽约街头，面对这个光亮温暖却又空空荡荡的世界，忽然迸发出莫名的泪水，在心中对着死去的家人说：亲爱的艾里，别让我消失，请别让我消失。

1685 年五月，三十一岁的纳兰容若和朋友们聚会饮酒，每人都写了《夜合花》一诗。八天之后纳兰容若去世了。一年后，顾贞观从北京回到了故乡，在自己屋子里挂上纳兰容若的小像，过了三十年隐居的日子。

在纳兰去世十年的时候，顾贞观在曹寅的画轴上题了一首诗：

家家争唱《饮水词》，纳兰心事几人知？

朱见深：哪里来的一团和气

王永胜

朱见深固然想让三教可以很好地融合，这种融合或许还囊括了其他几组不安的矛盾，比如外廷与内廷、他不安的内心与外部的环境、他对万贵妃的爱恋与大臣对这段爱情的反感……朱见深希望它们都能"一团和气"，但是，我们还是能看到三者之间的裂痕与接缝，或许这正是朱见深内心无力感与痛苦的清楚书写。

朱见深：哪里来的一团和气

一

朱见深，年号成化，庙号宪宗，明朝第八位皇帝。在位期间四海升平，虽有几次民变却无损大局，基本无大事可叙。气候有点小灾小患，以我国幅员之大，似乎在所难免，只要小事未曾酿成大灾，也就无关宏旨。总之，在历史上，朱见深实在是一个平平淡淡、很容易被人忽略的皇帝。但是，看似平常的表象，细究起来底下又藏着许多非常有趣的东西。

朱见深曾两度为太子，最终还能君临天下，这在中国历史上应该是绝无仅有的。如此独特的经历，都是拜吊诡的命运所赐。

一四四九年八月，朱见深的父亲，英宗朱祁镇亲征瓦剌，兵溃土木堡被俘。皇太后孙氏命朱祁镇异母弟朱祁钰监国，立三岁的朱见深为太子。一个月之后，朱祁钰即皇帝位，就是代宗，遥尊朱祁镇为太上皇。

一四五〇年，太上皇朱祁镇还京师，居南宫。所谓"居"，其实就是被代宗朱祁钰软禁。皇帝被俘虏之后，还能安全返回，这在中国历史上也是很少见的。

一四五二年，朱祁钰废六岁的皇太子朱见深为沂王，立皇子朱见济为皇太子。让人意想不到的是，第二年，皇太子朱见济死了。

一四五六年十二月，代宗朱祁钰病重。群臣议论复立朱见深为太子。

一四五七年正月，大臣石亨、徐有贞等认为"皇帝在宫，奚事他求"，复立太子不如拥英宗复位，且功劳无量，是谓"夺门之变"。政变也就是夜间几个时辰的事，一转眼，龙椅上换了人。英宗时隔七年，两度为皇帝，这在历史上又是绝无仅有的。三月，英宗复立十一岁的朱见深为太子。

朱见深十八岁时，英宗崩，这一次他才真正彻底地失去了父亲。英宗崩时，只有三十八岁。

朱见深就像顽童手中的玻璃弹珠，被放在火上烤，烤完放在冷水里"呲——"，"呲"完之后继续放在火上烤……如此几番折腾。

<h1 style="text-align:center">二</h1>

立太子，遵守嫡长子制，所谓"立长不立贤"。土木堡之变被俘时，英宗无嫡子，留下三个婴儿皇子，均是庶出。长子朱见深虚岁三岁，真正算起来仅一岁零十个月。在兵荒马乱之中，皇太后孙氏立朱见深为太子。

对朱见深来说，他在最需要父爱的童年，却"失去"了父亲。他身为太子，龙椅上却坐着叔父。在懵懵懂懂之中，他该如何理解这件如此诡异的事。

有人统计过，权力巨大、荣耀无比的中国皇帝同时也是中国历史上最不幸的一群人：平均寿命最短，健康状况最差；非正常死亡比例高；由于生命质量差，生存压力大，因此出现人格异常、心理变态甚至精神分裂的概率较常人高许多（张宏杰《坐天下》，人民文学出版社 2018 年）。如果统计一下太子的命运，也会是同样让人唏嘘。童年的朱见深无疑会慢慢地感受到从四周蔓延而来的，无形的焦灼与压力。

举一个相似的例子。清朝末年，慈禧是从奕譞身边夺走他四岁的儿子载湉，即光绪帝。张宏杰在《坐天下》一书中用悲悯的笔调形容光绪：在空旷的广场上，他面对一群陌生的人，一大群模样怪异的太监。这个孩子如同一块柔嫩的蚌肉，被粗暴地从亲情之蚌中剜了出来。天底下可能没有比紫禁城更不适合一个孩子成长的地方了。这辉煌的宫殿其实不是一座建筑，而是权威意志的体现。这个权力的象征物里，呈现着人类的浮华和奢靡，却唯独缺乏简单平凡的亲情。"我们无法想象进宫的当天晚上，躺在巨大空旷的殿宇之中的孩子，面对生活环境的巨大变化，心里是多么惊惶和迷惑。"

上面这段话同样适合朱见深。朱见深也是在相似的环境之下成长起来，在同样的紫禁城，在同样的年纪，也"失去"了自己的父亲，也用恐惧的眼神偷偷看着自己的亲戚。

三

精神分析学的观点认为，无助、脆弱的儿童会觉出世界存在潜在威胁的所有负面影响力，因为害怕这种潜在的危险，同时为了获得安全感，便会形成某种神经质的倾向来对抗着世界。我们可以把口吃划入神经质的研究范围，而我发现，这应该也是不少人在儿童时期变成口吃的重大诱因。

身在帝王家的儿童同样受到这种负面影响力，甚至可以说，他们受到比普通儿童更大的压力。盘点中国历史，口吃的帝王并不少见，如三国时期魏明帝曹睿，我们可以想象一下司马氏阴冷的眼神；北齐第二任皇帝高殷，被他父亲文宣帝高洋抽打成口吃；北齐后主高纬，他在军中口吃发作时，就本能地用大笑救场。

如果我们把范围稍稍扩大，发现口吃的王族也不少见：鲁恭王刘余，汉景帝之子，就是为扩建宫室，破孔子之宅，得古文经，开后世今古文经学之争的那位；明朝王族八大山人朱耷，他有一闲章曰"口如扁担"，是难言之意。这些人同样受"负面影响力"的影响而变成口吃。

在这种压力的作用之下，童年的朱见深和光绪都变成了口吃。溥仪的英文老师庄士敦认为："除了口吃这一先天不足外，无论哪一方面，（光绪）都远远超过了当年的同治帝。"（庄士敦《紫禁城的黄昏》，故宫出版社2019年）实际上，我认为光绪的口吃可能不是先天的，而是被冷漠而威严的慈禧活活吓出来的。

需要指出的是，在相似环境之下成长起来的朱见深和光绪虽然都变成了口吃，却又有着各自不同的性格。读帝师翁同龢日记，我们会发现印象里清秀、文弱的光绪，却有着完全相反的另一面：暴躁、偏执、骄纵，性格非常矛盾。而朱见深的性格相对来说却很宽和。

何以故？也许是因为不同的个体面对同样的困境，有不同的应对方式、信息交互方式。好比悲伤的人不一定都流泪。但是，我们却可以通过分析悲伤的各种举动，触摸其受挫的情感、欲望与恐惧的深处，抵达其内心深处的幽暗小径，再从这条小路上推演，庶几可以八九不离十。

四

沈德符《万历野获编》"君相异禀"条目记载：

> 宪宗皇帝玉音微吃，而临朝宣旨，则琅琅如贯珠。近年新安许文穆公（许国）头岑岑摇，遇进讲取旨，则屹然不动，出即复然。乃知君相天赋，本非常人可比，常理可测。

朱见深在临朝宣旨时，犹如背课文，因为事先诵读熟了，所以能"琅琅如贯珠"，至于召见大臣、商议朝政，临时应对，那就麻烦了。所谓"君相天赋，本非常人可比，常理可测"，不知道是沈德符的曲笔，还是他真的如此认为。

一四六四年，也就是朱见深即位后的第一年，大臣在奏疏中提出应开经筵，要求皇帝风雨寒暑不废，日御文华殿，午前讲学，午后论治，且礼仪繁琐。对朱见深来说，真是一场折磨。一四六七年，大学士刘定之请经筵照例赐宴，"毋烦玉音"，但是最终"君臣之间无一词相接"。

与朱见深同时代，在朝廷为官的陆容在《菽园杂记》里记载了一件很有意思的事。每次上朝，诸司奏事，"事当准行者，上以是字答之"。也就是说，朱见深把不得不回答的词句尽量压缩到字数最少。成化十六七年间，"上病舌涩"（皇帝得了烂舌头），连说个"是"都很困难，鸿胪寺卿施纯马上揣摩到了朱见深的难处，就悄悄向近侍说："是"这个字难说，可以改成"照例"两字。

也许，朱见深"是"字的发音未必是流畅的。大部分的口吃者都有几个特别难发的音，而"是"字本身所包含的用来表态与承诺的意义，往往会给口吃者带来心理压力，"是"就很容易成为口吃者特别难发音的一个字。可是，把一个特别难发音的字换成两字的词组，有时是会变得容易发音一些，施纯确实"深谙此道"。由此可见，"上病舌涩"只是朱见深口吃严重的托词，而陆容却当真了。如果朱见深真的烂了舌头，不能发"是"字，又安能发"照例"两字？

朱见深一改"照例"，觉得确实特别好用，"甚喜"，就问是谁出的主意，近侍就说出了施纯的名字，于是施纯得升礼部侍郎，掌寺事，不久又升为礼部尚书，加太子少保。施纯凭借两字之功，在二十年不到的时间里升到如此高位，朝野惊讶，当时就有人嘲讽他："两字得尚书，何用万言书。"

五

在长久的焦虑与压力煎熬之下，朱见深除了口吃，还患有一种类似心理障碍的疾病：坐久了或见生人心里便发慌，很不自在。

据查继佐的《罪惟录》记载，皇后王氏去见朱见深时，被太监挡在了门外，理由是："上不耐生人，勿数至。"对于太监给出的这个理由，皇后王氏"亦无愠色"。众所周知，朱见深是一个情种，与万贵妃情真意切，对其他女人包括皇后王氏在内都是冷冷淡淡的。皇后王氏也只是谨小慎微地在宫中生活着。

万贵妃比朱见深年长十七岁，深受朱见深宠幸，他的生母周太后都有点看不下去了。

据《罪惟录》记载，周太后气呼呼地质问朱见深：
"彼有何美，而承恩多？"

朱见深说："彼抚摩吾安之，不在貌也。"

朱见深的心理障碍，需要万贵妃陪伴，细心地按摩，才得缓解。

朱见深的暗疾，也"曲折"地见于正史。《明史·宦官一》记载，东厂太监尚铭与当红太监汪直有隙之后，怕后者报复，"乃廉得其所洩禁中秘语奏之"。尚铭把访查得来的汪直平时言谈之中泄露的"禁中秘语"都告诉了朱见深。所谓的禁中秘语，无非就是朱见深与后妃的床笫之事，也许还包括万贵妃的抚摩。尚铭之举很有效，因为汪直已经碰到了朱见深最隐秘的痛点，朱见深开始对汪直感到愤怒。汪直这颗当红的彗星开始急速下坠。

万氏小名贞儿，四岁时被选入宫中，成为宣宗孙皇后身边的宫女。土木堡之变之后，孙皇后立三岁的朱见深为太子，把朱见深放在身边抚养，而服侍朱见深饮食起居的，正是万贞儿。在每一个孤独绝望的黑夜，朱见深从成熟的万贞儿身上依次得到了——姐弟之爱、女性的温馨、母爱以及性爱，最后，这几种温暖又像咖啡、奶、糖一样融合在了一起。

史载万贵妃"机警，善迎帝意"，朱见深每次出游，她都"戎服前驱"。《万历野获编》说万贵妃"丰艳有肌，上每顾之，辄为色飞"。应该是民间传言传多起来了。《罪惟录》记载："万贵妃貌雄声巨，类男子。"对朱见深来说，雄强的万贵妃给他带来了更多的安全感。

六

少有人知的是，口吃的朱见深还是一名书画高手，接近一流大师的水准。在明朝，已是公论。

自宋朝以来，大凡有书画艺术创作兴趣的帝王，水准基本不差，有几个客观的原因。一是天下精品大量汇集皇室，帝王有这么多书画神品过目滋养，眼光想差都难。其次，帝王边上常常聚集了一大批优秀的书画家，天天耳濡目染。

成化朝最有名、且与朱见深有交集的画家，是人称"小仙"的吴伟。吴伟画风潇洒随性，笔法可粗放也可精细。人物画出自梁楷、法常一脉，目光炯炯有神，用笔迟滞（高居翰在《江岸送别》中称这种风格为"凝滞"，不是最佳，中国传统书论中就有"迟滞"之说，与之一脉相承）。

吴伟与朱见深的交往，见于万历年间顾起元的《客座赘语》和明末姜绍书的《无声诗史》，文字大同小异，读来有魏晋趣味。

故事说的是：吴伟性憨直，有气岸，一言不合，辄投砚而去。朱见深召至阙下，在皇帝面前依旧放浪形骸。吴伟有时大醉被召，蓬头垢面，曳破皂履跟跄而行，中宫扶掖以见，朱见深看了大笑，命作《松风图》，吴伟直接用手指蘸墨作画，"风雨惨惨，生屏障间，左右动色"，朱见深惊叹："真仙人笔也。"

比较两人的绘画风格，尤其是人物画，存在很大的相同点，朱见深的人物画，同样目光炯炯有神，用笔同样迟滞，在这一点上看，朱见深的绘画很可能是受了吴伟的影响。在艺术上，两人打破了身份的高低贵贱，成为真正的同路人。

顾起元在《客座赘语》之中记载了他亲眼看到朱见

深画作的一次经历：

> 宪宗皇帝御笔文昌帝君像，帝君冠唐帽绿袍，束带履乌靴，手持玉如意，坐磐石上，神仪萧散出尘，真天人也。上题成化十九年御笔，押以"广运之宝"。旧为苑马卿卢公家藏，今人但知宣宗皇帝御画，不知宪宗皇帝宸翰之工如此，真人间之瑰宝也。

明末清初徐沁的《明画录》云：

> 宪庙，工神像，上有御书岁月，用"广运之宝"。尝写张三丰像，精彩生动，超然霞表。

书画心声，朱见深的亲笔也就成为除史料之外另一条供我们好好窥探其内心的有效途径。有时候，从书画之中揭示出来的心理真实性甚至会盖过史料的价值。

七

朱见深存世最有名的画，当属那幅构思精巧的《一团和气图》立轴：远看，是体态浑圆、盘腿而坐的弥勒佛，从画中微笑着直直地看着观画者；细看，原来是三个人拥抱在一起，三个人的五官互相借用，合成一张脸。朱见深画的是"虎溪三笑"儒释道三教融通的典故，但是他以如此奇特角度绘制，和前人的构图均是不同。

在中国传统绘画之中，很少把人物、鸟、兽的脸画成完全正面。中国绘画讲究造境，画中人沉浸在四周景物之中，高士或出神地看向流水，或是抬头远眺，把观画者的视野引向画面对角线最远处的高峰、烟云，让观画者和画中人一起神游——这是宋元绘画最常见的路数。如果让画中人直直地看着观画者，很容易就会破坏整体氛围，显得怪异、格格不入，让观画者感觉不舒服。

如果是神像，正面肖像要更多一些，直直的视线，有利于营造威严的气氛，让观画者起敬畏心。虽说朱见深绘画"工神像"，但是从大方向来说，还属于文人画的范畴。这幅《一团和气图》立轴也是如此。

成化十七年（1481），朱见深绘制了一幅《松鹰图》。在萧瑟肃杀的氛围之中，一只苍鹰雄踞在一根松枝之上，位置刚好是在画中心，它也把头部正面朝向观画者，一双眼睛冷冷地盯着观画者。似乎是突然发现有人在偷窥，给人触之即飞的感觉。与八大山人笔下同样不安的鸟相比，朱见深的鹰，多了一股凶悍、王者之气。

头部正面朝向观画者的构图不会是巧合，而是朱见深想要与人述说，或者说是想与自己述说的欲望的曲折表达。《松鹰图》是一个佐证，使得我们对《一团和气图》中的正面肖像的特点，不能等闲视之。

如果长久观赏《一团和气图》，会有一股不安之气拂面，你会发现三人合抱在一起，体态显得臃肿诡异，拼凑出来的笑容带着某种森森的冷笑，让人不寒而栗。

朱见深固然想让三教可以很好地融合，这种融合或许还囊括了其他几组不安的矛盾，比如外廷与内廷、他不安的内心与外部的环境、他对万贵妃的爱恋与大臣对这段爱情的反感……朱见深希望它们都能"一团和气"，但是，套用书法中"计白当黑"的术语，我们还是能看到三者之间的裂痕与接缝，或许这正是朱见深内心无力感与痛苦的清楚书写。

《一团和气图》立轴上有一段朱见深的题字，一手很漂亮的王字与赵字风格的结合体，秀气、雍容华贵。落款"成化元年六月初一"。成化元年，也就是他登基的第二年，那一年，他十九岁。人生的画卷才刚刚展开。

八

从心理层面解读，朱见深在一幅名不见经传、宋代佚名绘画的《子母鸡图》上的题字，也显得很重要。

图绘一只白毛母鸡带领五只小鸡仔觅食，母鸡威武雄壮，红色鸡冠鲜艳，五只小鸡仔围绕着鸡妈妈，似对外界胆怯、害怕，有一只小鸡仔甚至躲在了鸡妈妈的身后。这幅工笔画，体物传神，是宋代翎毛画佳作。

可是，如果我们回到历史现场，想象一下神品不计其数的皇家收藏，这幅无名氏的画就立马显得稀松平常了。纵使如此，成化二十二年（1486），朱见深还是在画上认认真真地题了一诗。

> 南牖喝喝自别群，草根土窟力能分。
>
> 偎窠伏子无昏昼，覆体呼儿伴夕曛。
>
> 养就翎毛凭饮啄，卫防雏稚总功勋。
>
> 披图见尔频堪羡，德企慈乌与世闻。

　　诗句普通，但是作得用心，字也写得用心。朱见深"披图频堪羡"，是因为母鸡照顾小鸡仔的情形深深地触动了他内心最柔软的部分。他想到了自己一生依恋的、亦母亦妻的万贞儿。画中的母鸡，就是万贞儿，而他就是躲在母亲身后的那只小鸡仔。

　　万贞儿比朱见深大十七岁。大十七岁具体是一个什么概念？那就是，万贞儿和朱见深的生母周氏同岁。据《明孝宗实录》记载，弘治十七年三月周氏去世前自称"今寿七十有五"，则生年当在宣德五年（1430）；而史载，万贞儿正是生于宣德五年。

　　二十年前，万贞儿曾为朱见深产下一子，两人都非常开心。想不到天有不测风云，皇长子连名字都还没来得及取就夭折了。这对万贞儿的打击是巨大的。万贞儿后来过了生育年纪，出于江山社稷考虑，对朱见深宠幸其他妃子也就只能睁一只眼闭一只眼了。

成化二十二年（1486），这一年朱见深四十岁，万贞儿五十七岁。万贞儿当然已经非常衰老了。他在《子母鸡图》上题的这首诗，也可以认为是题给万贞儿的。

成化二十三年，也就是朱见深在《子母鸡图》上题字后一年，万贞儿逝世。《万历野获编》记载，朱见深听闻之后，愣了好半天才长叹一声："万侍长去了，我亦将去矣。"此言非虚，朱见深也在同一年病逝。

九

从朱见深的内心看进去，从某种意义上讲，每一个人，包括帝王，都是心理与历史的俘虏，无所逃于天地间。

由于口吃，惧怕人际交往的朱见深成为明朝第一个不与大臣面议国事的皇帝。这也给后来不爱上朝的几个皇帝提供了参考。

朱见深也看到了内廷和外廷之间的紧张矛盾。究其根源，是朱元璋取消了宰相制。取消宰相制，帝王就要亲自处理海量信息，这对开国初期的雄主如朱元璋、朱棣来说，固然能胜任，但是到了后来，帝王稍微暗弱，宦官自然就会抬头。朱见深固然性格宽和，但是站在他的位置，对群臣的不信任是天生的，所以他建西厂，让宦官参政。他还以一个口吃者的羞涩与敏感，努力让多方一团和气，也为后世埋下了诸多不安的种子。

朱见深逝世之后，如何评价，史馆诸臣挖空心思，最后有个定论："上以守成之君，值重熙之运，垂衣拱手，不动声色，而天下大治。"也可谓是一团和气。

末代进士

杨丽娟

中华人民共和国最高人民法院第一任院长沈钧儒，被誉为民国"报界之奇才"的黄远生，"政坛不倒翁"谭延闿，投靠日伪最终被以汉奸罪处决的王揖唐……这些履历悬殊的人物，有一个共同的身份——中国最后一榜进士。

中华人民共和国最高人民法院第一任院长沈钧儒，被誉为民国"报界之奇才"的黄远生，曾任国民政府主席、行政院院长的"政坛不倒翁"谭延闿，投靠日伪最终被以汉奸罪处决的王揖唐……这些履历悬殊的人物，有一个共同的身份——中国最后一榜进士，名字都镌刻在现今收藏于北京孔庙和国子监博物馆的末科进士题名碑上。

进士，中国古代科举制度中最高一级的功名。《明史》有载，"非进士不入翰林，非翰林不入内阁"，足见进士出身之殊荣与尊遇。然而，1904 年的 273 名甲辰科进士，人生道路注定迥异于前人。

1905 年，清政府废科举，兴学堂，他们因此成为"末代进士"。他们中的很多人，见证了清末民初的"三千年未有之大变局"。跌宕起伏的时代洪流中，末代进士们命途各异，有人青史留名，有人遗臭人间，有人另辟蹊径，有人随遇而安，还有更多的人在短暂的"光宗耀祖"后从此沉寂无闻。

最后的科举

1904 年 7 月 4 日清晨，北京，紫禁城。

黎明的微光中，273 名考生从东华门进宫，进入保和殿。殿宇森严，他们随意择座，陆续支起了"便携式桌椅"，桌面是用光面细布蒙着的薄板，桌腿是四根可以折叠收纳的铁条，椅子则是用以装考试用品的藤筐。大约七点，"至中和殿阶下跪接"策题后，考试正式开始。

这是光绪三十年五月二十一日的甲辰科殿试。殿中的 273 名考生都已过五关、斩六将，通过了童试（包括县试、府试、院试三个阶段）、乡试和会试，终于得到了"贡士"的身份。眼下，他们没有名落孙山之忧——当时贡士参加殿试，没有落榜之说，考完都是进士，只按名次分为一甲、二甲和三甲，分别获赐进士及第、进士出身和同进士出身。他们正踌躇满志——古代文人参加科举的最高荣誉状元、榜眼和探花，也就是一甲前三名，将在这科举制度的最后一关中选拔而出。

从清晨到傍晚，273 名考生奋笔疾书，终于交卷。3 天后，乾清门外，再次进宫的考生们恭听殿试名次的宣读，是为"小传胪"。一片寂静中，第一个名字，也就是甲辰科状元的名字被高声喊了出来：刘春霖。

刘春霖，字润琴，1872 年出生，直隶省河间府肃宁县人。北宋《神童诗》云，"朝为田舍郎，暮登天子堂"，用来形容刘春霖再合适不过。他自幼家境贫寒，父亲曾在济南、保定府衙当皂役，为贴补家用母亲还做过女仆。按照清代规定，皂役之后不允许参加科举，刘春霖寄养在大伯家里，才有了考取功名的资格。1892 年，20 岁的刘春霖通过院试，考中秀才。此后，由于父亲病故守孝，以及庚子事变取消乡试的影响，直到 1902 年他才得以参加乡试，考取举人。两年后，32 岁的刘春霖金殿夺魁，一鸣惊人。

苦出身的刘春霖夺得这个状元，流传的说法不少。最常见的说法是，第一名原是一个叫朱汝珍的考生，慈禧太后因为珍妃，见到"珍"字就十分厌恶，朱汝珍又是广东人，慈禧想起康有为、梁启超都是广东人，便将其名次挪后，而刘春霖因名字中有"霖"字，含有"霖雨苍生"之意，籍贯肃宁又有"肃静安宁"的含义，于是，慈禧御笔一圈，刘春霖便成了状元。

这种说法流传甚广，但其实与刘春霖同一年高中探花的商衍鎏早已澄清过此事，他在《我中探花的经过》一文中写道，刘春霖与朱汝珍二人的卷子确实调整过，但"钦定的是光绪帝，慈禧太后并未看卷"。殿试读卷大臣之一陆润庠曾告知他，二十四日（1904 年 7 月 7 日），读卷大臣八人将试卷的前十本进呈光绪帝，光绪帝认为"第二卷比第一卷写得好，第四卷比第三卷作得好，所以互易"，如此，最终的结果是刘春霖为状元，朱汝珍为榜眼，商衍鎏为探花，位列第四的张启俊成了二甲第一名，为传胪。

小传胪之后，新科进士们迎来了风光无限的"春风得意马蹄疾"。7 月 8 日，太和殿举行了隆重的大传胪典礼，韶乐齐奏和鸣，鸣鞭响彻云霄。随后，刘春霖、朱汝珍和商衍鎏三人被迎至东长安门内，顺天府尹早已在此结彩棚相迎，亲自为他们进酒、簪花、披红，并将他们引出彩棚骑马。紧接着，鼓乐开道，执事们打着"状元及第""榜眼及第""探花及第"的牌子，三人开始"骑马夸街"，走到顺天府尹衙门时，下马举杯庆贺，礼毕，继续骑马游遍四城……

此时的鼎甲三人并不知道，晚清飘摇的时代大潮里，他们的命运注定与历代进士大不相同。"学而优则仕"，平步上青云，这条科举骄子们习以为常的道路已不再平坦。

除三甲被授职翰林院修撰、编修外，新科进士们被授予的官职主要是翰林院庶吉士、各部学习主事、各地即用知县。在晚清官员冗杂的境况下，三种官职都更接近试用期甚至实习员工。据华东师范大学教育学系副教授李林研究，庶吉士须在馆中清苦学习三年，才能正式授职，学习主事也要三年期满，考核合格方有机会补缺，而即用知县名为"即用"，实际也要长期候补，甚至正式职位空出来也不一定能顺利补缺。

毕竟是科举选拔的最优人才，没有实职，该如何安置呢？1904年初，清政府设立了进士馆。这是一个培训进士的专门机构，也就是说，新科进士们十年寒窗金榜题名后，还要进入进士馆继续接受再教育。当然，学的不再是四书五经，而是法律、交涉、学校、理财、农、工、商、兵等"时务"。

实际上，早在庚子事变后的 1901 年，清政府就试图"改革"人才选拔标准，下令科举考试"均不准用八股文程式，策均应切实敷陈"。1903 年、1904 年的会试试题中，除了传统的四书五经，还增加了中国政治史事论，以及财赋、商务、刑律等西学内容。可惜，效果不尽如人意。进士馆的设立，便是期待新进士通过系统学习，能够"通时务而应世变"。

然而，进士馆设立才一年多，连进士也没了。1905 年 9 月 1 日，袁世凯、张之洞等会奏，"科举一日不停，士人有侥幸得第之心"，故欲推广学堂，必先停科举。第二天，光绪帝准诏，相沿千余年的科举制度由此终结。

尚未从进士馆毕业的新科进士们，从此变成了末代进士。

进士东游

1905 年 10 月 14 日，上海，黄浦江码头。

沈钧儒登上了从上海开往日本神户的德国客轮。沈钧儒与刘春霖、朱汝珍、商衍鎏是同科进士，与三甲相比，他的殿试成绩不算特别出众，仅为二甲第 75 名，被授予的官职是刑部贵州司学习主事。此时的沈钧儒正值而立，已结婚生子，按照传统文人的观念，他本可以一边做清闲的小"京官"，一边入进士馆学习，但他从来不是"独善其身"之人。

早在甲午中日战争后，20 岁的他就被丧权辱国的《马关条约》深深震撼，作诗抒发忧国愤世之情："挽输已痛民财竭，盟约犹看贿命颁。太息圣恩宽败律，都教生入玉门关。"救国的种子，那时就在年轻的沈钧儒心中发芽，怎样才能使羸弱的国家臻于强盛？ 30 岁的他决定向海外觅取新知，1905 年初，沈钧儒主动向清政府申请赴日留学。

初到日本，沈钧儒便剪去了辫子，并写信给夫人力劝她放足。他本想学自然科学，但一方面"因为缺乏外文基础，断了念头"，另一方面也受到国内外时局的影响，最终进入了东京的日本法政大学法政速成科，改学法政。

所谓速成科，是法政大学专为中国留日学生而设。课程包括刑法、诉讼法大纲、民法大意、行政法通则、日本宪法与宪法比较、警察法、地方行政法等。考虑到学生大多不通日语，教学时由日本讲师以日语讲授，同时配备翻译现场"同传"，以便使学生用一至两年的时间快速毕业。

速成科的开办，得益于当时留学日本的曹汝霖和范源濂居中联络。他们向法政大学校长梅谦次郎提出，中国留日学生习武备、教育者多，习法政者极少，若按常例修习法政，必先学语言，而后再费三四年学习法政，至少耗时六七年，因此提议设立法政速成学校。此事很快得到日本外务大臣和清驻日公使的赞同，1904 年 5 月 7 日，速成科举办了开学典礼。

如果说考取进士是沈钧儒人生的新起点，那么，决定赴日留学，则是他事业的第一次重要转折。这不仅是因为他系统完成了对西方政治学说和法律的学习，更重要的是，他在日本接触了种种进步思想。

就在沈钧儒赴日前夕的 1905 年 8 月 20 日，同盟会在东京召开成立大会，提出了"驱除鞑虏，恢复中华，创立民国，平均地权"的政治纲领。与此同时，国内和日本的立宪运动也进入高潮。沈钧儒与两派人物都有联系，他的同学中立宪派更多，同乡中又不乏革命派人物，如他晚年回忆所说："清光绪末年，我留学日本，就跟在日革命党人有所接触，特别是和光复会往来较多。光复会著名人物如章炳麟、蔡元培、陶成章、徐锡麟等都是浙江人，其中也有参加同盟会的。"

两种思想的碰撞中，晚清进士沈钧儒不可避免地受到影响，只是，囿于自身经历，当时的他尚未完全接受革命思想，而是走上了主张君主立宪的改革道路。1907年 1 月，立宪派代表人物杨度在东京创办《中国新报》，阐发宪政理论，沈钧儒也参加了筹办工作。9 月，为督促清廷建立民选议院，沈钧儒等回国，领衔向督察院呈送了 100 余人签名的《民选议院请愿书》。这是当时第一份要求清廷速开国会的请愿书，沈钧儒后来自豪地说："在中国，假如有人要写一本宪政运动史，应该从民国以前的立宪运动说起，而民国以前的宪政运动，可说是由我开头的。"

负笈东渡的不只沈钧儒，1906 年，沈钧儒赴日的第二年，随着进士馆停办，一大批末代进士——包括三甲刘春霖、朱汝珍、商衍鎏在内，统统被清政府派往日本"师夷长技以制夷"。他们大部分都进入了法政大学速成科求学，据不完全统计，速成科 1000 多名毕业生中，甲辰科进士多达 73 名。按当时正在日本的吴玉章的说法，这批人是"由于在国内没有出路了，差不多都到日本进了这个学校"。且不论吴玉章的回忆是否准确，事实是接受传统儒家教育的末代进士们，的确有不少人在日本转变成了立宪派人士，并在清末立宪运动中风生水起。

立宪，尚在清政府的预期内，令清廷追悔莫及的是，官方许可的速成科竟然走出了不少革命者，包括胡汉民、宋教仁、居正、陈天华等。这些革命派风云人物汇聚一校，其影响可想而知。商衍鎏之子商承祚就回忆过，1906 年 12 月 2 日，父亲曾听过孙中山演讲，"是日是《民报》周年纪念会，《民报》主张革命，第一位演说者是孙中山，他讲的内容有三：一、种族革命，二、政治革命，三、社会革命。到会听讲者数千人，鼓掌之声，络绎不绝"。

不过，正如沈钧儒一样，这批接受传统教育的末代进士们学成归国时，更多人还是成为了君主立宪方面的专家和活跃分子。只是，他们不曾料到，授予他们传统功名并资助他们留学的清王朝，并没有留给他们充分发挥所学的机会。

立宪生力军

1910 年 11 月 9 日，北京，资政院。

近 200 名议员群情激昂，正在热烈讨论。前一天，具有临时议会性质的资政院上了一封奏折，请旨处分湖南巡抚杨文鼎，原因是后者未经湖南省咨议局讨论通过就擅自上奏发行公债。这天，上谕颁下，但对杨文鼎的行为没有任何处分，仅以轻描淡写的"疏漏"一语带过。由于上谕内有军机大臣副署，资政院议员刘春霖当即提出，要求军机大臣出席答辩。个别议员担心如此做法，军机大臣心里会不舒服，刘春霖当即表示："我们资政院必要求着军机大臣心里舒服，还成个什么资政院呢！"

刘春霖的发言赢得议员们阵阵掌声，然而，这样的掷地有声只是昙花一现。军机大臣根本不把资政院放在眼里，连个人影都没出现，资政院无奈，又弹劾军机处，却惹得军机大臣怒而集体辞职。矛盾激化至此，摄政王载沣的处理是，一面抚慰军机大臣，一面指责资政院越权妄议。弹劾案最终不了了之。

据理力争的刘春霖大概不明白，晚清政府的立宪，本来就是一场骗局。所谓的咨议局、咨议院，只是清政府给自己拖延立宪粉饰门面而已。

1906年，五大臣出国考察归来，向慈禧太后力陈立宪的好处：一曰皇位永固，二曰外患渐轻，三曰内乱可弭。迫于内外压力，慈禧遂表示同意，9月1日，清廷颁布仿行宪政的上谕。上谕虽然没有确定立宪年限，但已足够令立宪派欢欣鼓舞，他们奔走联络，拉开了立宪运动的帷幕。

1907年，清廷宣布在中央筹备设立资政院，在各省设立咨议局。两年后，各省咨议局相继成立，作为临时省级议会机构。主张立宪的末代进士们迅速成了咨议局和资政院中最活跃的一支生力军：刘春霖当选为直隶省咨议局议员，沈钧儒当选为浙江省咨议局副议长，与沈钧儒同为甲辰科二甲进士的谭延闿、汤化龙、蒲殿俊，则分别当选为湖南省、湖北省和四川省咨议局议长，刘春霖还当选为资政院议员。

作为各省咨议局的代表，他们一面积极提出议案，一面发动国会请愿运动，以督促清廷速开国会。1910年，各省先后3次派代表进京请愿，结果却给了对清政府抱有幻想的沈钧儒当头一棒，他后来回忆说："宣统二年（1910年）正月间，各省请愿代表到了北京。我那时也到了北京，在北京待了一个时期，跟各方面接触的结果，看出了清廷的所谓预备立宪，只是一种欺骗，清政府已不能维持多久了。回来就把我的看法向大家讲了。"

11月4日，清廷不得不做出让步，发布谕旨称"于宣统五年（1913年）实行开设议院"，并特别指出，这是最后确定年限，"万不能再议更张"。

这次万不能再更张的议院，最终没有开成。一年后，辛亥革命爆发，而清政府的一次次拖延、1911 年皇族内阁的登场以及高潮迭起的保路运动，也彻底将沈钧儒和许多立宪派人士推到了革命一方。

革命与遗老

1911 年 10 月 31 日，湖南长沙，谭宅。

一群荷枪实弹的士兵突然涌进来，谭延闿一时惊恐不已，以为大祸临头，慌忙躲起来。不料，士兵们的目的竟是"请"他就任中华民国湖南省都督。"士兵们蜂拥而上，连推带拖，把谭延闿塞进八抬大轿，抬起就走。谭家的人吓得号哭起来，谭延闿被抬进都督府还惊魂未定。"湖南行政学院教授许顺富在谭延闿传记中这样写道。

湖南的革命，发生在武昌起义 12 天后。10 月 22 日，革命党人焦达峰、陈作新率领湖南新军发动起义，当天，湖南成为继湖北之后第一个宣布脱离清政府而独立的省份。起义后，焦达峰、陈作新分别被推举为正、副都督，但独立不到 10 天，两人竟同时在兵变中被新军管带梅馨杀害。一时间，新军中连一个能收拾残局的人物也找不出，就这样，立宪派的谭延闿被推上了都督的宝座。

谭延闿出身湖南的大官僚地主家庭，父亲谭钟麟任清朝两广总督时，他就跟随左右出谋划策，社会上一度将他与陈三立、谭嗣同并称为"湖湘三公子"。1904 年考取科举功名后，更是名声大噪，再加上顺利当选湖南省咨议局议长，他在当地士绅中颇具声望。

起义前夕，谭对革命的态度并不明朗。革命党人阎幼甫曾与其共事，他后来回忆，武昌首义成功后，长沙的革命党人想联络谭延闿，作为臂助，甚至指望他"能够站到革命旗帜之下，并愿以高位让给他"，结果派人秘密洽谈时，谭"唯唯否否，对革命并无热情"。但谭延闿也没有反对革命。1904 年，他就曾帮助黄兴脱险，辛亥革命前，面对湖南巡抚拿来的革命人士黑名单，他还故意声称这些人不值得忧虑。

不论动机如何，谭延闿的"睁一只眼闭一只眼"，的确大大减轻了湖南起义的阻力。起义后，他顺利得到了湖南民政部长和临时参议院议长的头衔。及至焦达峰、陈作新被害，谭延闿更是直接继任都督，自此开始了他近二十年的民国"政坛不倒翁"生涯。

谭延闿"转向"革命派，与同科进士汤化龙也有点关系。汤化龙出身湖北商贾世家，本是清末激进的立宪派人物，奈何立宪派发动多次国会请愿运动，都以失败告终。对清政府绝望的汤化龙开始向革命派靠拢，甚至跟四川省立宪派人物蒲殿俊密议："若日后遇有可以发难之问题，则各省同志应竭力响应，援助起义独立。"

1911年10月10日，武昌首义，群龙无首，革命党人想到了"足以使一班人民之悦服"的汤化龙。10月11日，天才蒙蒙亮，从友人家里归来的汤化龙刚刚就寝，一干革命党人紧急寻来，请他就任湖北省军政府都督。汤以文人不懂军事为由拒绝，革命党人又找到了黎元洪，最终，黎元洪被赶鸭子上架当了都督，汤化龙接受了湖北民政总长的职位。相比黎元洪的"弥勒佛"作风，汤化龙就任后当即坚决表示"自当尽死效命"。他为革命"尽死"的第一项工作，便是稳定湖北局面，促使各地响应起义，其中就包括派胞弟汤毓龙持他的亲笔信，去长沙见谭延闿。

　　湖北、湖南相继独立，汤化龙、谭延闿都以"革命元老"自居时，杭州城里正是风雨欲来。革命党人正在悄悄筹划起义，沈钧儒等浙江咨议局议员则发起组织省城民团，名为"保卫闾阎"，实际就是响应辛亥革命。10月底，起义所需的经费、炸弹、浙江都督印信等都准备就绪，沈钧儒也领到了自己的任务：负责政治组织方面的设计筹备工作，包括草拟光复的通电、布告等。

　　沈钧儒已经选择了革命，但他还是希望不发生流血牺牲事件。11月3日，他亲自找到浙江巡抚增韫，劝说他拆毁旗营和城墙，将满人编入汉籍，宣告独立，以免遭到杀戮，可惜被增韫拒绝。第二天，起义爆发，杭州城的革命党人和新军迅速占领抚署。次日，全城光复。就在起义枪声响起的那一刻，沈钧儒来到了咨议局，亲自降下了龙旗，升起了代表革命胜利的白旗。当时，各地起义出现的旗帜有十多种，其中用得最广泛的就是白旗，既有正义之师、白旗如林之意，又有报仇雪耻、光复山河的悲壮色彩。

　　1912年5月，沈钧儒正式加入中国同盟。这个科举时代的进士，曾经将国家的强盛寄希望于君主立宪，如今，他再一次坚定地走向了新的求索之路。而在他的身后，一些昔日的同年、同窗已经被时代洪流无情抛下。

榜眼朱汝珍的脚步就有些"落伍"了。1908 年从日本学成归来后，朱汝珍做过京师法律学堂教授，参与拟定了中国第一部商业法——《大清商律草案》，担任过晚清第一次法官考试的主考官，直到辛亥革命一声炮响，他波澜不惊的仕途戛然而止。天翻地覆的变革前，他选择了跟随逊位的溥仪，留在紫禁城的"小朝廷"里，长达 13 年。民国政府曾多次邀请他出任职务，但他都谢绝了，坚称"不事民国"。

状元刘春霖似乎也有点发蒙。不久前，他还是力主改革的进步人士，在资政院里挥斥方遒，如今不过短短一年时间，他就变成了"落后"的前清遗老。大概是不知如何面对时局，39 岁的他一度寓居北京家中，终日读书吟诗，与友对弈。翻阅刘春霖大事年表，两年的时间里他只留下一片空白。

与朱汝珍不同的是，刘春霖似乎尝试过追赶时代的脚步。民国期间，他又出仕了，担任过总统府秘书厅厅长、中央农事试验场场长、直隶自治筹备处处长等一系列职务。看上去似乎也可有些作为，可惜刘春霖终究没有再做出什么与"状元"媲美的成就，反而在风云变幻的时局中迷失了方向。

曾与刘春霖有来往的同乡、后辈王清平记述了这样一件事，1917年张勋筹划复辟时，"康有为出面联系串通在京的清朝遗老，拥护复辟。刘春霖由于老前辈康有为盛情相邀，而自己又在清朝遗老之列，所以复辟登殿之日，他穿戴上清朝的四品官服，也和众遗老共同到太和殿朝拜了溥仪宣统皇帝"。据王清平回忆，刘春霖后来常为此事深感痛悔，说"这是自己一生的过错"。

翩翩记者

1915年9月3日，北京，前门火车站。

黄远生在这里登上火车，仓皇南下，他是为了躲避袁世凯的追逼。当时，袁世凯意欲复辟，以杨度为首的"筹安会"到处网罗枪手，鼓吹帝制。袁世凯想聘请黄远生担任其御用报纸《亚细亚日报》上海版的总撰述，黄远生起初不敢公然拒绝，只能虚与委蛇，最终忍无可忍，决定离开北京。

　　袁世凯极力收买黄远生，不但因为黄是彼时报界名记者，还因为他的另一个身份——前清进士。1904年，他的名字还是黄为基，字远庸，年仅20岁的他进京赶考，与刘春霖、沈钧儒等人荣登同榜，成为那一年最年轻的进士之一。少年得志，他却在高中进士这一年，选择东渡日本留学。不同于后来很多进士东游时选择法政大学速成科，黄远生独树一帜，进入日本中央大学学习法律，一学就是五年。那时很多留日学生日语水平不高，黄远生又是例外，同时学日语和英语，以至于老师和同学都推举他当课堂翻译。

　　1909年，黄远生学成回国，还是进入了官场。但没多久，一个影响他一生的人出现了，他就是黄远生的江西同乡、代表清政府赴欧考察宪政的五大臣之一的李盛铎。李盛铎告诉他："吾见欧士之谙近世掌故者，多为新闻撰述家，以君之方闻博涉，必为名记者！"黄远生接受了这个意见，1910年，他开始用笔名"远生"在上海《申报》上发表文章，一出手便是关乎国家大事的《余之日俄协约观》。1911年，辛亥革命爆发的那一年，黄远生正式辞去官职，立志"不作官，不作议员，而遁入于报馆与律师"。从此，新闻界有了一个如鱼得水的"时政记者"。

民国初年，一般报社记者没有机会接近北京的达官显贵和社会名流，而黄远生作为末代进士、留日学生和前"京官"，精通日语、英语，又在政界、学界拥有广泛的人脉，很快便在新闻界名声斐然。他的政论，像一把锋利的解剖刀，他曾一针见血地指出："袁总统者，在世界历史上虽永不失为中国怪杰之资格，而在吾民国历史上，终将为亡国之罪魁。"他的通讯，则是民初政治风云真实而详尽的记录，从"二十一条"到"善后大借款"，从议会党争到外交内幕，无一不在他的笔下跃然纸上。上海《申报》和《时报》原本势均力敌，但《申报》开设了"远生通讯"专栏后，社会影响力迅速超过《时报》，时人称赞黄远生，"同是记者最翩翩，脱手新闻万口传"。

如此舆论"大V"，也难怪袁世凯忌惮。其实，黄远生一度也对袁世凯抱有幻想，但他决不愿意附和袁称帝的阴谋。再三拖延，违心写出一篇似是而非、顾左右而言他的文章，仍不能令袁满意，无奈，他匆匆离开北京，抵达上海。随后便在上海各大报登出《黄远庸启事》，以示决绝："鄙人现已离京，所有曾担任之《申报》驻京通信员及承某君预约上海某报之撰述，一概脱离。至鄙人对于时局宗旨，与《申报》近日同人启事相同，谨此。"

为了"一意做人"，寻求新的生活目标，黄远生从上海去了美国。谁也没想到，1915 年 12 月 25 日，年仅32 岁的他竟在旧金山唐人街被刺身亡。消息传回国内，舆论大震，凶手是谁，一时众说纷纭。直到上世纪八十年代，真相才大白，竟是流亡海外的国民党人误将黄当作袁党刺死的，刺杀的指使者是当时担任国民党美洲总支部负责人的林森。

一个因反袁而远走异国的斗士，最终竟被视为"袁党"而遇刺，如此真相，唯有令人唏嘘。1984 年，疑案破解前，黄远生之子黄席群追忆父亲时这样写道："我个人的看法是，无论他是死于袁世凯派遣跟踪的刺客之手，还是遭到在美洲的国民党人杀害，总之，他不幸遇害的根本原因，离不开袁贼妄图称帝这个关键问题……

罪魁祸首，非袁而谁？"

的确，曾被袁世凯"拖下水"的不是只有黄远生，袁世凯的野心暴露前，刘春霖、汤化龙都曾支持过他，谭延闿更是直到"二次革命"时期，对袁的态度还在左右摇摆，就连沈钧儒也曾参与《天坛宪法草案》的起草工作，幻想以此抑制袁世凯的野心。

然而，袁世凯独裁的野心，并非末代进士们可以阻止的，民国政坛的乱局更非一群书生所能改变的。袁世凯复辟，张勋复辟，军阀混战，轮流坐庄，政治旋涡中的末代进士们稍稍踏错一步，就可能留下一生的污点。

汤化龙没有来得及做出太多选择。他对袁世凯、段祺瑞都曾抱以希望，后来又因袁氏和皖系的倒行逆施与之分裂。1918年，对国家政治失意的汤化龙决定出国考察，临行前，有友人以黄远生之事劝他"万勿游华街"，他不以为意，结果一语成谶。1918年9月1日，辛亥革命"元老"汤化龙在加拿大温哥华被国民党人王昌枪击而死。事后，国民党人给这位昔日的盟友安了一个头衔"袁之走狗，段之帮凶"，而行刺后即自杀的王昌则被称为"烈士"。

谭延闿选择做了一个"聪明的官僚"，三次督湘，最后官至国民政府主席、行政院院长，直到 1930 年突发脑溢血逝世。他留给后人印象最深的是三个名号："政坛不倒翁""近代颜书大家"和"组庵湘菜创始人"。

商衍鎏、刘春霖厌倦了官场倾轧，失望于政界腐败，先后辞职，隐居在家，卖字为生。空闲之余，或教导后辈治学为本，或救助灾民做善事。

沈钧儒也离开了官场，但他没有闲着，而是一边兴办教育，一边在 53 岁时开始了全新的执业律师生涯，从此以敢于主持正义不畏强豪而称誉于上海律师界。

此时的末代进士们恐怕不曾预料到，他们一生中最大的考验尚未来临。

救国无罪

1937 年卢沟桥事变后，北平，刘春霖家里。

昔日同窗王揖唐来了，刘春霖的态度却十分冷淡，因为这位同窗的身份是日伪华北临时政府常务委员会委员兼赈济部总长。王揖唐也是 1904 年考中的进士，也去了日本留学，平日和刘春霖算是有些交情，正因如此，王揖唐自以为老同学肯定会接受他带来的"大礼"：请刘出任北平市市长。不料，刘春霖不仅当即拒绝，还怒斥王揖唐："筋骨软的东西！"被刘春霖拒绝的日伪政权不甘心，王揖唐离开第二天，日伪军就找上门，将刘家洗劫一空。

这已经不是刘春霖第一次拒绝日伪政权的收买。几年前，日本侵占我国东北各省，扶植溥仪登基，成立傀儡政府伪满洲国，当时就请过刘春霖前去任职，但刘春霖的回答是："君非昔日之君，臣亦非昔日之臣！"

君臣之说，可见刘春霖尚未完全挣脱旧时代的束缚，然而，当面对大是大非，面临民族危机，他还是守住了底线。这也是很多末代进士们的底线和气节。

1931 年日本制造"九·一八"事变侵占东北，商衍鎏在《感慨》诗中写道，"惊看砧肉供刀俎，忍撤藩篱逼冀燕。莫恃匡时新有策，长蛇封豕欲难填"，痛斥日本侵略者的贪婪本性和反动派的卖国政策。

溥仪建立伪满洲国之后，曾邀请朱汝珍去助一臂之力，但这位在辛亥革命后仍跟随溥仪 13 年的末代榜眼，选择了婉言谢绝。1941年，朱汝珍还曾筹款，援助抗战。

沈钧儒更是义无反顾地站在了抗日救亡运动的前列。1931年，沈钧儒与章太炎、马相伯等组织了"中华民国国难救济会"。1932年，淞沪抗战爆发，沈钧儒多次亲临前线视察慰问。12月，宋庆龄等在上海发起成立中国民权保障同盟，沈钧儒很快加入。

1935年12月12日，"一二·九"运动后第三天，沈钧儒与上海文化界的一些爱国进步人士马相伯、邹韬奋等发表《上海文化界救国运动宣言》。宣言共有280余人签名，参与宣言的胡子婴后来回忆，当时签名运动广泛开展，她一开始不知道签了名交给谁，后来"听说这次签名运动是一位沈钧儒律师发起的，我从电话簿里查到了他的电话，约他在上海重庆南路一家名叫胜利饭店的餐馆里见面。我不知道他是青年人还是中年人，宣言没有发表之前的一切活动是秘密的。当时的白色恐怖非常严重，我约衡老（沈钧儒，字衡山）是冒昧的，衡老赴约是冒险的……出乎意外的他竟然来了，更出乎意外的他是一位长髯老者。这样高龄，又是一位社会闻人，还在冒着危险干革命，使我感动，给我很大的鼓舞……"

为发动上海各界民众奋起救国，发表宣言后不久，沈钧儒等组织成立了公开的上海文化界救国会。1936年，又与宋庆龄等领导成立了全国各界救国联合会。他为抗日救亡奔走呼号，不辞劳苦，和他一起在救国会共事的陶行知忍不住赞道："沈钧儒先生六十三岁，在上海领导民众运动，比少年还要英勇，参加游行，走四五十里不觉疲劳。"

1936年7月15日，沈钧儒与章乃器、陶行知、邹韬奋等共同署名，发表了《团结御侮的几个基本条件与最低要求》，支持中国共产党提出的建立抗日民族统一战线的主张。文章最后语重心长地引用了曹植的《七步诗》："煮豆燃豆萁，豆在釜中泣。本是同根生，相煎何太急！"

可惜，沈钧儒的苦心并没有被蒋介石看到，国民党上海市当局还是对他下手了。1936年11月23日，沈钧儒与章乃器、邹韬奋、李公朴、史良、王造时、沙千里被国民党政府逮捕，这便是著名的"七君子事件"。

11月26日，当局正式公布了逮捕"七君子"的原因，"非法组织所谓'上海各界救国会'"，"勾结赤匪，妄倡人民阵线"，"主张推翻国民政府，改组国防政府"等。被捕的罪名竟然是"救国"，一时之间，案件激起了各界人士的极大义愤，宋庆龄等人甚至自请入狱，以示抗议。当时的《国民》周刊，则直接以《"爱国无罪"案听审记》为标题，报道法庭对沈钧儒等的庭审情况，并在评论《救国无罪》中引用被告们的谈话："我们所争的是救国无罪，而不是为了我们的自由。"

1937 年 7 月 31 日，随着卢沟桥事变爆发后国内局势的变化，"七君子"终于被释放，结束了 8 个月的羁押生活。出狱后的沈钧儒，继续投身抗战事业。这位几乎一生都在跌宕起伏中走过的老人，最终凭他的爱国之心经受住了历史一次次的考验。

命途各异

1949 年 10 月 1 日，北京，天安门城楼。

74 岁高龄的沈钧儒银髯飘逸，站在毛泽东的身后，见证了中华人民共和国的诞生。一个小时前，中央人民政府委员会第一次全体会议在中南海勤政殿举行，沈钧儒当选为中央人民政府最高人民法院院长。

从晚清末代进士到新中国最高法第一任院长，沈钧儒历经风云变幻，政局动荡，却始终站在时代的前列，为寻找救国之路，他不断更新知识结构，追求新的观念，接受新的考验，如今，他终于迎来了期盼多年的大国新生。诚如时任新中国副主席的董必武所说，"沈钧儒先生所走过的道路，是知识分子的光明道路。沈钧儒先生是一切爱国知识分子的光荣榜样。"

但这样的人毕竟只是少数。1904 年，甲辰进士登科时，平均年龄约为 30 岁，历史的年轮行至 1949 年，40多年的风雨沧桑已经过去，不少末代进士们此时已然凋零逝去。

1942 年，刘春霖因突发心脏病，与世长辞，享年72 岁。

1943 年，朱汝珍因中风去世，享年 73 岁。

1948 年，王揖唐以汉奸罪在北平被处以死刑。

……

新中国成立时，仍然健在的末代进士几乎都已年过七旬。他们亲历了晚清、民国和新中国，不少人进入了中央及地方文史馆系统，凭借独特的人生经历发挥余热，或编纂文史资料，或参与古籍整理。其中以末代探花商衍鎏最为突出，1960 年，商衍鎏被聘为中央文史研究馆副馆长，晚年的他根据回忆和研究写出了《清代科举考试述录》《太平天国科举考试纪略》等书，前者于1958 年由三联书店出版，迄今还是关于中国古代科举制度最详尽的著作之一。

《语之可》·诞生纪

在出版界和报业从事编辑工作多年，每天的阅读中，有许多意境阔远、独抒性灵的文章跳脱出来，却往往由于不符合图书选题或报刊版面的需要而最终割爱，殊为遗憾。最近几年所供职的《作家文摘》是一份内涵丰富、偏重文史的文化类报纸，拥有一支视野开阔、眼格精准的编辑队伍，茶余饭后的研谈中深感一些有嚼头的选题有必要进一步地深化或拓展，慢慢构思出一本内容偏重文史历史的杂志书雏形，采用连续出版物的形式，在大部头的图书与快节奏的报刊之间取"中"，融合报刊的轻便丰富和书籍的系统深入，既不会使读者产生需要正襟危坐啃读长篇出版物的畏惧心理，又不会觉得不够有料，因浅尝辄止而怅然若失。小小的读本因集结了诸多情怀蕴藉、张力十足的佳作而成为读者浮躁生活的一份心动邂逅，无论日常生活中的哪一个角落、哪一种瞬间,都可随手展卷,在轻松愉悦中收获满满的启迪和感动。

这本连续出版物取名"语之可",我们希望以一种独立纯粹的阅读趣味投入浩如烟海的文字中,发现、筛选、整理出那些兼具史料性、思想性、文学性的历史文化大散文,既有学者的深邃思想,旨要高迈、洋溢着天赋和洞见;又有文人的高格境界,灵动优美、感动人心,以最有价值最具力量的文字,剑指"文史之旨趣,家国之气象"。其余,英雄不问来路,无论作者声名,无论是否原发。

《语之可》计划每季度推出一辑,每辑三册,每册六到八万字,五到十篇文章,文章长短数千字至一两万字不等。每册所收文章内容旨趣相近,围绕一个画龙点睛的分册主题。每册都配有一组绚丽多姿的文艺插图,附有背景介绍和衍生的艺术史知识,构成一个微型的纸上主题画展,以期与内文的气质一脉相承,珠联璧合。整个装帧我们希望达到文质兼美的效果,远离一切浮华与虚张声势,回归简静大气的古典韵致,精巧易携。

虽然沉潜思量多年,就本书的出版而言,由于主观的懒散及客观的冗务，却是各种拖延蹉跎，只是在工作之余零敲碎打，有一搭无一搭。得现代出版社同仁的鼓励鞭策和精干高效运作，这个寄寓着我们理想和初心的读物——《语之可》第一辑终于和读者见面了。

书的取名也颇费踌躇。为了体现一种对高迈深远文字的追求与向往，书名受启发于孔子所言"中人以上，可以语上也；中人以下，不可以语上也"。曾有"语可""语上"之名，最后定名于"语之可"，是觉得这样语感更富于变化，语义也更丰富。特邀北京大学赵白生教授翻译成英文。赵教授初译"Beyond Words"，已觉极佳，不想他又颇费思量地请高人译为"Proper Words"，我觉得这两个都是言近旨远，很棒地表达了我们所想表达的意味，实难取舍。

一位作家曾感慨：编辑是一群无声、无名的人，他们的一生像一块巨大冰岩，慢慢在燥热的世间融化。这是个纸质出版从田园牧歌步入挽歌的时代，几个有点理想、有点激情又有点纠结、有点随性的编辑，究竟能做点什么呢？要不要做点什么呢？始终难忘讲述一群辞典编辑日常的日本小说《编舟记》，书中这样解释事业的"业"字：是指职业和工作，但也能从中感受到更深的含义，或许接近"天命"之意。如以烹饪调理为业的人，即是无法克制烹调热情的人，通过烹饪佳肴给众人的胃和心带来满足。每一个从业者，都是背负着如此命运、被上天选中的人。也许，我们这些以编辑为志业的人就是一群无法克制编辑热情的人，能够为读者呈奉出几本可资信赖的读物正是上苍给我们的机遇。一事精致，便可动人。很多英伦品牌历经数百年沉淀，淬炼出一种经久不衰的高尚风范，每件单品都仿佛在唤回一个逝去的优雅世界。纸质读本也是一种历久弥新的单品，以其可触可感，有热度、见性情的朴素温暖着人们的情感与记忆。在这个高速运转、速生速朽的时代，我们唯愿葆有初心，以真诚，以纯粹，以坚守，分享打动内心的文字，也期盼这文字的辉光映亮更多的人。

感谢作者们的支持，许多作者表现出毫不计较的信任，我们感念之余也深受鼓舞，为前行注入了不竭的动力。感谢《作家文摘》这个温暖有力的集体，特别需要提到语可书坊的主力们：经验丰富、功力深湛的唐兰大姐和几位 80 后、90 后新势力——飒爽能干的小琴、文思敏捷的小裴、耐心匠心兼蓄的小于……她们的辛勤付出让《语之可》及语可书坊日臻美好。

临事是苦，回想是乐。不管如何沉吟，最后收束时似乎总是感觉仓促而不满足，或是眼高手低，或是现实所羁，力有不逮，粗疏和不足之处在所难免，诚邀各位方家指正，更希望多赐精彩篇章，共同促进《语之可》茁壮成长！

张亚丽

二〇一六年冬

以文艺美浸润身心
用思想力澄明未来

隶属于中国作家协会的《作家文摘》报是一份以文史见长、兼顾时政的著名文化传媒品牌，内容涵盖历史真相揭秘、政治人物兴衰、名家妙笔精选、焦点事件深析，博采精选，求真深度，具有鲜明的办报特色。

依托《作家文摘》的语可书坊主打纯粹高格的纸质阅读产品，志在发现、推广那些意蕴醇厚、文笔隽秀的性灵之作，触探时代的纵深与人性的幽微。

由于时间仓促及其他原因，编者未能与本书所收个别作品的作者取得联系，请作者及时与编者联系，支取为您预留的稿酬与样书。谢谢！

联系地址及联系人：100125 北京朝阳区农展馆南里10号《作家文摘》报社转《语之可》编委会

作家文摘
公众号

作家文摘
头条号

語可書坊

投稿邮箱：yukeshufang@163.com

语之可